Juillet 2015

Avoir un corps

Pas d'inquiétude, roman, Stock, 2011 ; J'ai lu, 2013

Avec les garçons, suivi de *Le Garçon*, nouvelles, J'ai lu, 2010

Une année étrangère, roman, Stock, 2009 ; J'ai lu, 2011

L'amour est très surestimé, nouvelles, Stock, 2007 ; J'ai lu, 2008

J'apprends, roman, Stock, 2005

Marée noire, roman, Stock, 2004

À présent, récit, Stock, 2001

Nico, roman, Stock, 1999

La Chambre des parents, roman, Fayard, 1997

Brigitte
GIRAUD

Avoir un corps

ROMAN

À Jean-Marc,
toujours

1

Des plaques rouges se répandent, qui brûlent, enflamment la peau, rampent jusque sur mes joues. Je suis un homard trempé dans l'eau bouillante, qui hurle en dedans, incapable de mouvoir ses membres. Je ne respire qu'au prix d'un effort terrible, je cherche l'air qui viendra adoucir le feu dans ma gorge. J'entends le mot scarlatine. J'entends ma mère qui va et vient, je perçois quand elle s'assied au bord du lit et pose un gant de toilette mouillé sur mon front. La fièvre est au point le plus haut, par moments c'est tout noir. Mon père commente la progression de l'infection et ne cache pas son inquiétude. Il bouge en contre-plongée au-dessus de mon lit et ne jure que par la pénicilline.

Quand l'infirmière arrive, mes parents me transportent sur le canapé du salon. Sans doute ne veulent-ils pas qu'elle entre dans la chambre où mon lit jouxte le lit conjugal. La cloison entre les deux pièces coulisse, et c'est comme un bruit de tonnerre qui accompagne ce passage de l'obscurité à la lumière. Je m'allonge à plat ventre, je contracte mes fesses qu'on vient de dénuder, je suis prête à serrer les dents parce qu'il est entendu que je suis une enfant courageuse. C'est un pacte tacite, c'est instinctif. L'orgueil déjà me porte. Je dois être la complice de mes parents quoi qu'il m'en coûte. Nous trois ligués dans la maison de la dignité. Quand le coton glacé appuie sur la peau, je me prépare à recevoir la douleur qui m'intronisera. Mais ça fait vraiment mal, est-ce que les adultes se rendent bien compte ? Je sens le produit qui entre, épais, puis se diffuse. Je dois en passer par là pour qu'on m'aime, devenir une héroïne. Je franchis toutes les étapes pour accéder à la plus haute marche du podium, et ma récompense est une sucette à la menthe que l'infirmière me tend chaque jour. Il me faut subir au total treize injections, sept d'un côté et six de l'autre. C'est l'avantage d'avoir deux fesses. Pourtant, ce n'est pas la douleur dans la chair qui m'est le plus pénible, mais la honte d'être dévêtue, la chemise de nuit relevée devant mes parents et les fesses nues.

Au commencement je ne sais pas que j'ai un corps. Que mon corps et moi on ne se quittera jamais. Je ne sais pas que je suis une fille et je ne vois pas le rapport entre les deux.

10

Au commencement, je fais ce qu'on me dit, je monte mes chaussettes jusqu'en haut, je ne caresse pas les animaux que je ne connais pas, je ne prends pas les bonbons des messieurs dans la rue. Je ne me rends compte de rien. Je trace des dessins avec la buée sur la vitre. Je malaxe de la pâte à modeler, je fais des bonshommes et des serpents, des quantités de serpents que je roule entre mes mains. Je ne pense pas. Je mange, je joue, je dors.

Je grimpe sur les bancs du square, j'escalade le toboggan par en dessous, je me pends par les genoux. Je mets mon corps à l'épreuve, en short plutôt qu'en robe, je saute depuis la plus haute marche de l'escalier, je vais dans les caves et prétends ne pas avoir peur, je brave l'interdit des parents, j'ouvre les portes d'un coup de pied sec, je confectionne une arme avec un bâton et le couteau que j'emprunte à Robi. J'ai conscience que je lutte, je ne sais pas contre quoi. Je chasse le féminin mais je ne le sais pas. Le délicat, le sensible. Je suis un bulldozer, un petit roc qui ne pleure pas quand il s'écorche les genoux. Qui garde bien rentrée l'humiliation d'être tombée de vélo. J'avance les mains dans les poches, je dis « ouais », je dis « ouais, ouais ».

Vermicelle, dit ma mère, qui ne se doute pas, petite anguille, mais c'est un asticot. Petit animal, sors de ta carapace. Mais il a des griffes, c'est une bête sauvage, un tigre du Bengale, qui rugit. Non, ma fille, tu ne dois pas mordre, tu dois cesser de marcher à quatre pattes.

Ma mère sait que j'ai un corps, elle veut l'habiller, le montrer sans l'exposer, le protéger en le mettant en valeur. Elle me confectionne une robe avec des volants, et un col compliqué. Je reste longtemps devant le miroir pendant qu'elle assemble les morceaux de tissu, pendant qu'elle pique les aiguilles. Elle décide pour moi d'un destin de fille et les vêtements qu'elle coud sont trop ajustés, m'étranglent plus qu'ils ne m'enveloppent. Elle m'empêche, sans le savoir, de bouger, de respirer, de contester.

Je m'échappe, je refuse cette histoire. Je marche pieds nus sur le sable quand arrive l'été, vêtue seulement d'un slip de bain. Je me roule dans les vagues qui se brisent sur le bord. L'eau me fait du bien, je suis comme dans une machine à laver et j'en ressors calmée. Puis je fais des pâtés, pas des pâtés de fille, des pâtés normaux, avec des coquillages incrustés, des algues qui sentent mauvais. Je fais des mélanges, j'imagine une petite fabrique de travaux publics. Je construis des ponts, des douves, les remparts du château.

Ma mère dit qu'il y a une princesse enfermée dans la tour, une princesse avec une longue robe

12

pailletée, il faudrait la libérer. Je n'ai pas prévu de princesse sur mon chantier, qu'on la zigouille.

J'ai deux yeux, deux oreilles, une bouche. On m'apprend à articuler, à sourire. On me demande de ne pas parler fort. J'ai deux épaules, deux bras. On m'encourage à porter les sacs au retour du marché. J'ai deux poumons, un estomac. On m'invite à manger avec une fourchette, à ne pas parler la bouche pleine. On m'invite à ne pas me tortiller sur ma chaise. À ne pas mettre les pieds sur la table. Ne pas montrer ma culotte quand je suis installée au fond du canapé. Ne pas m'asseoir par terre. On me demande de me recoiffer. J'ai les joues rouges, les vêtements froissés.

Un frère arrive du jour au lendemain, que je n'ai pas deviné dans le corps de ma mère. On me met le bébé entre les mains, pour me faire plaisir, pour me faire mesurer la réalité nouvelle. Mon frère pèse lourd. Bébé inerte sur les bras. Bébé qui se cambre parfois, qui occupe tout l'espace, diffuse des ondes épaisses, appuie là où ça fait mal. Nourrisson chauve et joufflu, massif, puissant, hurlant souvent au désespoir. Mon frère au faciès rouge malgré la peau douce, rebelle, réfractaire. Des cils et des cheveux blancs. Les os du crâne si fragiles, paraît-il, le crâne mou, j'apprends le mot fontanelle et je ne suis pas loin de tourner de l'œil. Si les os ne se soudent pas, la cervelle finira par se répandre jusque sur mes mains. Mon frère me terrifie, on ne sait pas où il regarde, c'est comme si je n'étais pas là, comme s'il ne m'avait pas vue, pas sentie.

Je regarde, j'observe, le corps de mon frère quand ma mère change sa couche. Je le trouve disproportionné, je demande s'il est normal. Les pieds sont étonnamment articulés au bout des jambes, et sa tête me paraît trop grosse. Il n'y a pas de mot à la maison pour nommer ce qu'il a entre les jambes. Cette chose se dresse pour pisser alors que ma mère le maintient d'une main sur la table à langer.

Ma mère coud avec sa machine, bruit de mitraillette gentille le soir dans le salon. La pédale sous la table, accélérations, accalmies. Ses mains maintiennent bien à plat le tissu. Ordre et concentration. Faire attention à l'aiguille, qui peut piquer, perforer les doigts. C'est le bruit du travail à domicile qui ouvre la nuit. Glisser dans le sommeil est associé au cliquetis de la machine, et parfois les vibrations m'accompagnent jusque dans mes rêves et parcourent toutes les zones de mon corps, derrière la cloison.

J'ai une chambre dans le nouvel appartement, avec une porte que je peux fermer à clé. Je peux marcher, j'arpente la petite surface, je fais le tour du lit. Je peux tirer la chaise de mon bureau et m'asseoir, je peux m'adosser contre le mur, glisser lentement jusqu'au sol, m'allonger sur le lino, jouer à être morte sans inquiéter personne. Je suis chez moi, c'est la première fois que je peux habiter tout l'espace, respirer tout cet air d'un coup. Je peux choisir d'ouvrir la fenêtre et les rideaux ondulent, portant dans la pièce les bruits de moteur de la rue. Je peux fermer quand bon me semble, et n'être préoccupée que par les traits de mon visage que je scrute dans le miroir. Face-à-face nouveau dans l'intimité de la chambre, tête-à-tête sans témoins. J'observe le moindre détail, la plus infime surface de peau, devant, derrière, j'invente une série de contorsions et je n'aime pas toutes mes découvertes. Je laisse les courants d'air s'engouffrer sous mon lit, renverser les objets sur mes étagères, faire voler la poupée rapportée d'Andalousie par ma tante, dont j'envie la cambrure et le port de tête.

Les poupées peuplent ma chambre, et l'Andalouse petit format n'est plus l'unique passion. Je suis obsédée par les cheveux longs. Je brosse, j'attache, je noue. Plus tard je brosse les poils du chat et c'est le même plaisir étrange. Lisser, démêler, entrer dans la matière, ôter toute résistance. Après que j'ai assouvi mon besoin de douceur, une fois que j'ai répété le même geste à l'infini, j'habille et déshabille mes poupées. Véronique,

15

brune incendiaire malgré son air innocent, porte une robe rouge boutonnée sur le devant. Que forcément je déboutonne, puis que je déculotte, puis rien, parce qu'une poupée coupe court à tout épanchement. Une fois le plastique dur entre les mains, je fais jouer l'articulation des hanches, celle des épaules. Puis je lui tourne la tête pour finir par la dévisser. J'ôte ou plutôt j'arrache les jambes et les bras. Puis je remets tout en place sans avoir ressenti la sensation recherchée. Je fais de ma poupée un jeu de construction à six pièces, autant dire un puzzle pour attardé.

Ce n'est pas dans l'assemblage que se loge l'intérêt d'avoir une poupée. Je lui remets sa culotte de nylon blanc après l'avoir déchaussée, puis rechaussée, exactement comme je fais quand je m'habille. Le corps de mes poupées me plonge dans un état particulier. Objet qu'on saisit et personne qu'on chérit, je peux décliner toutes mes aspirations, mes plus sombres états d'âme. Plastique froid ou chair tendre, elles sont tour à tour l'endroit de ma colère ou de ma consolation. Mais rien ne m'émeut jamais de leurs courbes. Leurs yeux fixes, leurs petits corps sans chaleur ne provoquent rien, leur peau sans renflement n'exalte pas ma peau, elles ne sont qu'une silhouette asexuée, un leurre autour duquel ma vie gravite. Je joue avec elles le jeu de l'humiliation. Je les range en nombre le long du mur. J'ai sept élèves dans ma classe. Blondes et brunes aux avant-bras qui pointent idiotement vers le plafond. Déjà une bonne raison d'être énervée. La maîtresse que je suis perd ses nerfs facilement, comme j'entends dire de mon oncle. Mon corps se calme mais ma voix prend le relais. Je ne bouge plus et j'articule avec plus d'acuité, et très vite, après les quelques compliments d'usage s'adressant toujours à la même bonne élève, je commence à hausser le ton. Je désigne les deux insolentes dont j'imagine qu'elles vont morfler. Nous sommes là pour ça, les filles ingrates et moi l'adulte, les filles soumises et leur bourreau. Mon désir de châtier est à son comble, il est comme une pulsion que rien ne peut enrayer. J'imagine que mon frère arrache les ailes des mouches, moi je mets des baffes, de plus en plus fort, puis j'attrape les poupées par les cheveux, et je finis par les projeter contre le mur, après leur avoir reproché leur manque de travail, leurs bavardages et d'avoir oublié de faire signer les mots sur le carnet. Je découvre ici un état nouveau, que personne ne soupçonne. Je me laisse aller à tous les excès, je suis injuste et parfaitement cruelle, je n'ai pas d'imagination et le châtiment est sans raffinement, je me découvre basique et vile, je mets en scène ma crise de nerfs et ce qui me surprend est l'énergie que cela requiert, de s'emporter à pleins poumons, de crier et de taper. Je ne suis pas sûre d'avoir éprouvé cela dans d'autres circonstances, je suis une enfant calme et docile, plus encline à plaire

17

qu'à se rebeller. C'est la première fois que je sors de moi, que mon visage devient rouge et chaud de colère, que ma voix met en danger mes cordes vocales. Je me laisse traverser par une violence inédite et je ressens un énervement réel. J'en ressors essoufflée et meurtrie, mes poupées ont fait accélérer les battements de mon cœur, ont fait monter mon adrénaline et cette violence que je mime, je ne sais pas encore d'où elle vient. Après l'orage, mes poupées gisent les jambes en l'air, pieds nus, les jupes remontées, les yeux toujours fixes de stupeur. Le carnage ne me dérange pas, si ce n'est les chevelures qui se sont emmêlées. Je ramasse les chaussures éparpillées mais je ne redresse pas les corps. Je n'ai plus envie de jouer, je gagne la cuisine pour aller goûter, laissant dans ma chambre un champ de désolation, tandis que mon frère vient probablement de dégommer une armée de soldats sur son lino.

Ma mère me confectionne un manteau. Le tissu ne me plaît pas, marron à gros carreaux. Elle prend une nouvelle fois les mesures, prétextant que j'ai grandi. Elle pousse toujours un cri quand elle en vient aux épaules et m'accuse d'être trop carrée. Je ne sais pas ce qu'il faut comprendre par carrée. J'entends dire que ma cousine Pauline est ronde. Je me demande s'il vaut mieux être ronde ou carrée, j'espère que cela n'est pas grave.

Je ne suis pas sensible au temps qu'il fait. L'arrivée de l'hiver comme de l'été m'est indifférente. Je ne trouve pas l'eau froide quand j'entre dans un bras de l'océan à côté de Lacanau, l'année où j'apprends à nager. Sur une photo, je suis immergée à mi-cuisses et porte une bouée léopard. À peine j'éprouve le bonheur de marcher pieds nus dans le sable que mes parents m'achètent des sandales en plastique à cause des piqûres de vives. Nous passons toutes les vacances avec la peur des vives, imaginant un petit monstre dont l'épée dressée sur le dos recherche la chair fraîche. Il arrive qu'un enfant se fasse piquer et c'est toute la plage qui est bouleversée. On transporte le corps jusqu'au poste de secours, le maître nageur intervient, et chacun apporte son conseil. Il faut uriner sur la plaie, insistent les uns, d'autres démentent et disent que ça ne vaut que pour les brûlures de méduse. L'attaque de la vive – dont on ne se doute pas qu'il s'agit simplement d'un poisson – alimente nos cauchemars et toutes nos craintes. Mes parents nous mettent en garde jusqu'à nous dégoûter d'aller à la plage, vives et insolations sont nos ennemies. Nous enfilons nos chaussures de plastique quoi qu'il arrive et méprisons ceux qui n'en portent pas. Nous passons notre temps à repérer qui n'a pas de chaussures. Nous avons peur pour lui et attendons que, soudain, il pousse un cri. Nous avons la chance d'avoir des parents responsables, ce qui n'est pas le cas de tous les parents, fait remarquer ma mère. Elle dit qu'après il ne faut pas s'étonner. Pour les enfants qui se noient c'est la même chose, ma mère traite les adultes d'inconscients. Elle dit qu'après il ne faut pas venir pleurer. Nos vacances sont un peu gâchées, tous ces dangers nous coupent l'envie de jouer. Le soir, dans le bungalow, ce sont les moustiques qui prennent le relais. C'est pénible d'avoir un corps, une surface de peau aussi étendue. Me vient l'idée qu'on pourrait s'ôter la peau, la suspendre sur un fil.

Mon père est parfois appelé à travailler le dimanche. Il répond au téléphone et se rue vers la porte d'entrée après avoir cherché les clés de la voiture. Seule ma mère sait ce qui se trame. Mon père dessine des portraits-robots, il identifie les meurtriers mais aussi les corps assassinés. Il dit lors des repas de famille, après avoir bu quelques verres avec mon oncle, que les suicidés préfèrent le dimanche et les jours fériés. Ma mère lui jette alors un regard noir, elle voudrait qu'il ne parle pas devant les enfants. Un jour, il explique qu'il ne mange plus de viande saignante, à cause de son métier. Mais il le dit en riant, comme s'il s'agissait d'une bonne blague.

Je ne fais pas attention à ce que je mange. Pas de phobie ni d'aversion, pas d'obsession. Je ne trie pas sur le bord de l'assiette les rondelles de carotte ou les champignons. Je suis bon public et gourmande. Je suis polie et curieuse. La convive idéale, prête à toutes les expériences. Seule une image de repas me hante. Nous sommes chez mes grands-parents maternels dans leur maison au bord du Rhône – démolie depuis que Rhône-Poulenc a agrandi son site. Ma grand-mère va et vient entre le magasin, côté pile, et la cuisine, côté face, où elle fait cuire du boudin aux pommes, se déplaçant difficilement sur des jambes rongées par les varices. Quand un client pénètre dans l'épicerie, une clochette invite ma grand-mère à se lever. Pendant ce temps le boudin accroche au fond de la poêle et la fumée envahit la cuisine.

Nous commençons à manger, les fenêtres grandes ouvertes, et je découvre que je n'aime pas le boudin. C'est une première fois qui me révulse. Le problème est que j'ai vu le boudin étalé sur le papier avant la cuisson, flasque et trop évocateur, et que mon grand-père prend un malin plaisir à raconter, pendant de longues minutes, comment on saigne le cochon. Je fais le lien entre le hurlement du cochon et le sang qui coule dans la bassine puis devient charcuterie dans mon assiette. Impossible de ranger le boudin ici et les quartiers de pommes caramélisés là, le sang cuit a entaché le fruit, l'a souillé de sa couleur indigne et je ne peux rien sauver. J'en veux aux adultes de s'adonner aux mélanges. Pourquoi gâcher des pommes, qui, cuites au four, font un sompteux dessert ? Pourquoi les marier avec le plus vulgaire des accompagnements, cette chose molle incapable de se contenir ? Je ne mange pas, tourne la tête vers la fenêtre ouverte sur les fleurs du jardin, les roses trémières dont j'aperçois l'extrémité. Quand ma grand-mère se lève après un nouveau signal de la clientèle, je suis horrifiée par les nœuds que forment ses varices sous ses bas, et ses veines sinueuses et gonflées m'apparaissent soudain comme irriguées du sang du cochon, plus violet que rouge, presque noir comme dans mon assiette. Plusieurs années plus tard, ma mère me raconte comment ma grand-mère criait quand les médecins appuyaient sur ses veines pour évacuer les caillots de sang qui la menaçaient, et me revient le cri de l'animal qu'on égorge, qui résonne sans fin.

La première soirée à la colonie de vacances est un moment sous la tonnelle. Il y a des tomates dans nos assiettes, une rivière longeant un pré, une partie de balle au prisonnier. Le lendemain, tout est fini. Des boutons couvrent mon corps et la directrice m'isole des autres enfants. Je déménage dans une chambre du château tout au bout du couloir, seule et coupable. Les démangeaisons deviennent obsession, je me souviens de petites cloques avec de l'eau à l'intérieur, qui gagnent mon ventre et mes cuisses. Une infirmière me parle avec un masque devant la bouche. Elle badigeonne un produit rouge sur les boutons. Elle me sert une assiette de hachis Parmentier et m'oublie là. Par la fenêtre, je regarde les enfants qui se poursuivent le long de la rivière. Le temps est long, j'ai peur de ne pas guérir. Je marche sur les tomettes de la chambre, je m'accroupis devant la cheminée qui dégage une odeur de soufre. Je m'assieds dans mon lit et feuillette le livre qu'elle m'a apporté, et qui raconte l'histoire de Peau d'Âne. Je me lève à la recherche des toilettes, j'ai peur de quitter la chambre, le château est désert et le couloir sans fin. Ce sont des W-C à la turque avec une chasse d'eau dont il faut tirer la corde, mais je suis pieds nus. J'hésite à poser les pieds sur l'émail humide. J'hésite quand un rat surgit du trou, décontracté et luisant, puis bientôt menaçant. Je cours dans le couloir, longtemps, mon cœur bat, je suis seule et perdue.

Je cours pendant l'entraînement de gymnastique, je cherche mon souffle. Je suis les paroles de Mme Verdi, n'inspirer que toutes les trois foulées, expirer par la bouche. Je fais du surplace, j'accélère, je monte les genoux sous le menton, je tape les talons contre les fesses. Je ne m'arrête jamais, je sautille doucement, je franchis un palier, mes poumons s'habituent, deviennent des alliés. Je sens comme ils s'ouvrent, comme ils soutiennent mon effort. Je prends conscience de ma respiration, j'apprends à doser, à me concentrer sur l'oxygénation, pleinement. C'est comme si me poussaient des ailes, mon souffle me porte, m'accompagne dans l'effort, me permet de tenir. Je me place dans la diagonale, c'est à mon tour, je fonce. J'aime cette projection, la propulsion soudaine, la montée en puissance, l'explosion, puis le relâchement des muscles après la tension. J'aime quand nous nous couchons sur le sol, laissons ballotter nos cuisses et nos mollets, jusqu'à retrouver le calme les yeux fermés. C'est bon d'être après l'effort.

Peau d'Âne me poursuit. Je ne comprends pas le conte. Je ne sais rien de l'inceste. Je suis intriguée par cette histoire de peau, sous laquelle on peut se camoufler. La peau d'un âne sur les épaules, préférer être laide pour se protéger, pour éloigner le regard des hommes. Je ne sais pas ce que signifie se marier, je n'imagine pas qu'un homme puisse posséder le corps de sa fille. Je garde de l'histoire le miracle de la bague tombée dans le gâteau, le prince qui la trouve et cherche le doigt à qui elle appartient.

Je m'intéresse aux bagues soudain. Je suis prise d'un élan romantique. La bague devient l'élément qui conduit jusqu'au prince. Et les doigts les attributs de la grâce. Je regarde les bijoux dans les vitrines quand je descends en ville avec ma mère. J'aime les bagues qui n'ont qu'une seule perle, comme celle dessinée dans *Peau d'Âne*. Pour Noël, je demande une peau de mouton en guise de descente de lit. Je pense que ça fera l'affaire.

Je regarde les nuages qui passent devant le soleil. Je cligne des yeux, je fais des expériences. J'emprunte les lunettes papillon de ma mère. Je suis une star. Je mets un foulard, je prends place dans la voiture décapotable. C'est mon frère qui conduit, il passe la première, puis accélère. Nous filons dans la campagne déserte, assis l'un près de l'autre sur le balcon.

Nous passons des heures sur le balcon, à regarder en bas. Nous jetons de la mie de pain sur les passants, puis nous nous baissons pour nous cacher. Nous sommes comme des ressorts, debout, accroupis, debout, accroupis, une partie de l'après-midi, sans qu'aucune douleur saisisse nos cuisses, aucune courbature, aucun signe de fatigue. Nous répétons le mouvement, nous répétons les rires, les rictus, les attitudes, nous dupliquons à l'infini sans être capables de dire stop. Au contraire, nous exagérons le mouvement jusqu'à l'hystérie, nous prenons de plus en plus de risques, nous venons à nous pencher, et jetons de plus en plus de pain sur les passants, en pluie de plus en plus compacte.

Ma mère met du rouge à lèvres avant de sortir. Mon frère veut essayer. Il se pavane en escarpins, arpente le balcon en se tordant les chevilles. Il fait des gestes et tire sur une fausse cigarette. Son corps se change en corps de fille, il roule des hanches avec maladresse et se perd en chichis. Il aime que je sois son public, que je glousse et sois troublée. Il se drape dans les tissus que ma mère entrepose avant de les coudre et invente des chorégraphies d'une sensualité douteuse. Heureusement que mon père ne voit pas ça.

Nous avons chacun notre chambre. La sœur et le frère séparés. On isole les univers, les jouets et les sexes. Nous allons grandir chacun dans sa couleur. Chacun dans son décor. Est-ce que ça marche ? Est-ce que mes poupées sont bien chez elles chez moi ? Est-ce que les voitures en panne sont bien réparées dans le garage de mon frère ? Est-ce que je peux déposer une poupée au garage ? Est-ce que mon frère peut donner le biberon à mon poupon sans que papa s'affole ?

Mon frère fait du bouche-à-bouche aux blessés de l'accident qu'il vient de provoquer. Après que son hélicoptère a percuté un mur, il chevauche un corps imaginaire dont il soulève la tête pour insuffler de l'air dans les poumons. Il inspire puis expire, devient rouge puis invente des gestes dont on ne comprend pas le sens. Mes parents s'inquiètent, dans chacun de ses jeux mon frère réinvente un corps manquant.

Mon père porte une arme, qu'il dissimule sous un blouson. Nous savons, à sa démarche, quand son « pétard », comme il dit, est accroché à sa ceinture. Sa jambe droite avance avec une légère inclinaison sur l'intérieur et son bras droit est plus mobile. Quand il est de repos, mon père a le réflexe de tâter régulièrement l'emplacement de son arme et l'on comprend qu'il lui manque quelque chose. Il agite alors la cuisse, et il n'est pas rare que, dans la foulée, il allume une cigarette. Je ne me suis jamais demandé si mon père avait utilisé son arme, s'il avait visé un homme, touché ou pas.

Mon père fume en conduisant. Des Gauloises sans filtre dont la fumée se répand dans l'habitacle de la voiture. Nous n'avons pas idée que la fumée est nocive, on ne parle pas de cancer. Comme ma mère est incommodée, mon père baisse la vitre et, en plus de la fumée, l'air froid nous saisit. Nous roulons ainsi, dans un halo plus ou moins opaque, frigorifiés. La voiture est équipée d'un gyrophare que mon père laisse la plupart du temps dans le coffre. Il lui arrive, lorsqu'il est pris par l'impatience dans la longue file d'attente du dimanche soir sur le boulevard de ceinture, de fixer le gyrophare sur le toit et de déclencher la sirène. Mon frère et moi nous accrochons alors aux poignées quand la voiture accélère et se fraie un passage en slalomant entre les véhicules qui roulent au pas. Nos pulsations cardiaques s'emballent, nos visages s'illuminent. La vitesse nous enivre et nous rions alors que la mâchoire de ma mère se crispe.

Faire plaisir à mon père est un état, une façon de vivre qui m'occupe pleinement. Je le colle, mon pas emboîte son pas, je deviens son ombre, discrète mais tenace. Les vacances sont le moment idéal pour m'approcher, glisser au plus près de son corps long et mince, m'immiscer dans ses projets. Nous occupons une maisonnette en bord de mer. Mon frère apprend à gonfler sa bouée seul, il inspire, expire, repasse les étapes de l'éternel et inquiétant bouche-à-bouche. C'est l'époque où manger des fruits de mer frais pêchés ne provoque ni hépatite ni intoxication. Les marées noires sont pour plus tard, on n'imagine pas que la Méditerranée puisse être polluée au mercure et aux hydrocarbures. Alors on ne se prive pas. Mon père sort avec un seau et un Opinel, en maillot de bain, sans protection solaire – on ne soupçonne pas que le soleil peut tuer. C'est une période bénie d'avant le péril, où le corps peut respirer sans entraves : peau, poumons, intestins profitent des bienfaits de l'iode ; la lumière fixe la vitamine D. L'espérance de vie est en constante progression et les vacances à la mer au palmarès des fortifiants. Je rejoins mon père sur la jetée. Je tiens le seau, autant dire que je ne sers à rien, tandis que mon père détache les moules de leur rocher avec sa lame d'acier. J'observe le tranchant de la lame qui copine avec les doigts de mon père, mon ventre se noue, je ne sais d'où me vient la peur du sang, encore lui, celui qui coule aussitôt la peau entaillée, celui qu'on ne peut contenir dès lors que l'enveloppe a cédé. Mon père est habile et le seau bientôt rempli. Nous rejoignons l'ombre derrière la maison et nous accroupissons. Mon père écarte les coques, me permet d'accéder à ce qu'il considère comme un fruit, un fruit de mer encore vivant. Il mâche, je mâche, il mâche, je mâche encore, il aime ça, il aime que j'aime. J'imite mon père, je prends les moules qu'il me tend, toujours accroupie au-dessus du seau rempli d'eau. Je mâche, j'explore avec la langue la moindre anfractuosité. Je n'aime pas le goût ni l'odeur mais je continue de remplir ma bouche. Je mâche et parfois un grain de sable crisse sous la dent, un éclat de nacre érafle la gencive. Je diffère le moment d'avaler et je prends les nouvelles moules que me tend mon père, je continue de malaxer l'ensemble, mécaniquement, jusqu'au moment où la bouillie m'écœure et où il faut avouer. Je sens mon corps refuser le contingent de moules qu'il s'apprête à ingurgiter. Ça ne passera pas, les moules ne franchiront pas le seuil de l'œsophage, c'est mon estomac qui, déjà, rejette l'intrusion. Je suis sur le point de vomir. C'est instinctif, les moules demeureront des corps étrangers impossibles à ingérer, des corps destinés à être recrachés, et finalement mélangés au sable du jardin.

Les wagonnets du train fantôme prennent de la vitesse et il faut se cramponner à la barre, ça va trop vite. Je suis montée avec mon frère pour lui faire plaisir. Nous voulons jouer à avoir peur. Nos corps se soulèvent, nos cheveux flottent dans l'air. Le train avance sur des rails mal assemblés, ça claque de tous les côtés, nous tremblons, inquiets et crispés. Le bruit du mécanisme nous empêche de parler, c'est pour cela sans doute que tout le monde hurle. Quand la capote recouvre le train, le malaise se propage, nous savons que les sensations fortes vont arriver. À l'apparition du premier squelette, je me blottis contre mon frère, puis, alors que se succèdent les sorcières et les zombies dans un ballet mal synchronisé, je suis prise d'un étouffement subit, mes poumons ne transforment plus l'air en oxygène, mon sang coagule dans ma gorge, c'est comme s'il obstruait ma trachée. Je me cache les yeux mais permets tout de même à l'image suivante de s'imprimer, et c'est à la vision d'un écorché au regard phosphorescent que je ressens les premiers symptômes. Quand une toile d'araignée me frôle les cheveux, ça bouillonne sous mon crâne, puis c'est un voile noir qui m'enveloppe et vient me soustraire au voyage. Après je ne me rappelle rien.

Il paraît que des fantômes hantent les caves de l'immeuble. Robi cherche leur compagnie. Il me dit qu'il ne faut pas allumer, si on les dérange ils deviennent malfaisants. Il faut un silence total pour pouvoir les approcher. Robi avance dans un léger cliquetis, à cause de l'appareil qui maintient sa jambe. Je le tiens par le bras. J'ai toujours peur qu'il tombe.

Je dois apprendre à marcher avec des chaussures de ski, à marcher avec des palmes, à rouler avec des patins. Les amusements ne m'amusent pas. Je n'aime pas les complications. Je redoute quand il faut partir en classe de neige, enfiler l'équipement, les collants qui irritent, les lourdes chaussures qui compriment les chevilles. Je ne sais pas comment me positionner quand je dois attraper la perche du tire-fesses. Je fléchis les genoux mais je ne dois pas m'asseoir, seulement laisser la perche accomplir sa traction, pendant que je transfère mes bâtons dans une seule main. Sur les pistes, je n'ose pas mettre mes skis dans le sens de la pente, de peur de ne jamais pouvoir m'arrêter. Pourtant un moniteur est là, qui me montre la position du chasse-neige. Ma combinaison est trop grande, les manches sont retournées et l'entrejambe descend à mi-cuisses. C'est ma cousine qui me l'a donnée. Quand je veux faire pipi, après que je me suis retenue une partie de la matinée, je descends au bas des remontées mécaniques et c'est toute une histoire. Ce que je crains par-dessus tout, c'est le télésiège. Faussement accroupie et la tête tournée vers l'arrière, j'attends que le siège me percute le dos ou parte sans moi. Une fois assise, je dois me caler au fond et retenir ma respiration tant que la barre de protection n'est pas rabattue. Le trajet et la beauté du paysage sont gâchés par l'idée de l'arrivée, de la prouesse qu'il me faut encore accomplir pour m'éjecter du télésiège sans tomber ni me prendre un coup derrière la tête.

Je redoute les accessoires: écharpe, ceinture, sac, baudrier, raquettes, bouée, casque. La plongée sous-marine m'effraie, de même que le parapente, la trottinette ou simplement le vélo. J'aime marcher, sans dépendre d'un pédalier, d'une poignée de frein, d'une manette qui peut lâcher. Je ne comprends rien aux roulements à billes, j'ai peur de ne pas maîtriser. J'aime que le corps se suffise à lui-même, qu'il soit sa seule force motrice. Les limites qu'il m'impose ne me frustrent pas. Je n'ai pas envie de voler, encore moins de descendre dans un gouffre. Je ne rêve pas d'altitude ni de glisser sur l'eau. J'arpente le plancher des vaches à mon rythme. J'aime m'assurer de mon centre de gravité.

Marcher sur la poutre est l'exercice que je préfère. Avancer en cherchant l'équilibre, le buste bien droit, les bras aériens comme des balanciers, et la plante des pieds à la recherche du bois à travers la Kroumir. Marcher, pivoter, glisser, maintenir mon corps grâce aux abdominaux, aux muscles du dos, aux épaules qui répercutent les ondes. Éviter la chute, tel est l'enjeu, gagner en ampleur, puis, à force de concentration, finir par oublier le vide, accepter que l'esprit et le corps ne fassent qu'un.

Mon frère s'agite, court dans l'appartement, il ne tient pas en place. Mon frère est comme une mouche impatiente, il bourdonne, se cogne contre les murs et les portes-fenêtres. Il fait tomber ses voitures depuis la table de la cuisine, il se roule par terre, mime une danse d'Indiens. Ma mère dit qu'il a les vers. Elle lui donne une cuillerée de vermifuge. Mon frère n'a pas d'appétit. Mon père nous met en garde contre le ténia. Nous ne savons si ce ver dont il nous parle, et qui peut mesurer dix mètres de long, est une invention des adultes. Nous imaginons un serpentin, un peu comme une anguille qui nous mangerait de l'intérieur. Je n'ai pas de vers et pense que c'est réservé aux garçons. Les parasites dans l'intestin c'est pour eux, chacun sa spécialité.

Je ne sais pas que les panties que je porte, soulignés de dentelle, peuvent attirer le regard des hommes. C'est comme si mon corps n'était qu'un bloc compact sans qu'aucune zone se distingue. C'est la mode d'imaginer que les filles peuvent laisser une bande de dentelle dépasser de leur jupe, et un ruban courir sur leurs cuisses nues. Ces panties, blancs ou roses, transforment n'importe quelle gamine en modèle de Balthus, mais personne n'a l'air de s'en rendre compte. Sauf le médecin de famille, l'insoupçonnable Dr Grange, qui me demande, un jour de consultation dans son cabinet, de garder mon panty. Allongée torse nu sur la table d'examen, je sens comme il approche près de ma hanche, ce que je crois être le haut de sa jambe. Je ne sais pas parce que la blouse blanche masque toute tentative d'interprétation, mais je sens que ce n'est pas comme d'habitude, quelque chose insiste et m'effleure, quand il se penche sur moi, au niveau de sa poche. Et sa respiration me donne l'impression qu'il pourrait m'avaler. Après l'auscultation, ma mère, qui ne se doute de rien, demande combien elle lui doit, et le docteur appose sa signature sur le certificat médical exigé pour les cours de gymnastique.

Quand mon frère s'amuse dans ma chambre je propose qu'on joue au docteur. Je n'ai qu'une vague idée de ce qu'on pourrait faire, c'est très flou. Le seul scénario possible : la malade c'est moi, le stéthoscope c'est lui. Malade c'est être dans un état second, allongée, grelottante, débraillée. Un truc pas clair. Avoir les yeux qui roulent, gémir, porter sa tête en arrière. J'imagine la scène mais mon frère reste coincé. Je voudrais exagérer, être à l'agonie et m'en remettre à lui, je voudrais qu'il me calme, m'ausculte, me touche. Je voudrais qu'il dérape sans s'en rendre compte, un peu comme le Dr Grange. J'aimerais qu'il propose, comme dans les films, que je me mette à l'aise. Je voudrais qu'il s'affole, me prenne le pouls avec la mine angoissée, m'ouvre la chemise pour que je respire, convoque un brancardier, et pratique pour de vrai le bouche-à-bouche qu'il maîtrise si bien. Ce qui me plaît, je crois, c'est l'inconnu, c'est que le corps nous guide là où on n'imagine pas aller. Je lui donne tout, je suggère et le laisse décider, je fais des allusions de moins en moins discrètes. Mais mon frère retourne à son circuit électrique, il préfère jouer au train.

Ma mère me tape sur les mains quand je me ronge les ongles. Elle dont les ongles sont parfaitement longs et nacrés, elle ne supporte pas que j'ampute ainsi ma féminité. Le ton pour me parler est agacé, je sens du mépris dans sa voix. Mais c'est plus fort que moi, je m'en prends à chacun de mes doigts et ma chair est à vif. Ma mère met au point des menaces plus ou moins efficaces, propose d'acheter le fameux vernis « moutarde » pour me dissuader, et les conversations reviennent régulièrement sur mes ongles saccagés, sur le mauvais effet, le désordre, trahissant mon côté garçon manqué. Une fille sans ongles n'est pas une vraie fille, elle porte en elle quelque chose d'inquiétant.

Des femmes viennent à la maison, ma mère prend leurs mesures. Elles lèvent les bras, tournent sur elles-mêmes. Ce sont parfois de jolies femmes avec des chignons compliqués et des jupes droites près du corps. Toutes ont des talons aiguilles qui claquent sur le palier et les annoncent avant qu'elles sonnent à notre porte. Elles s'installent un moment dans le salon, là où ma mère a sa machine et le mannequin d'osier, et ma mère note les cotes sur un carnet. Les poitrines se changent en bustes, les hanches en bassins dans le langage technique de la couturière. Les épaules deviennent carrure. Pas de chair ni de courbes, seulement les mots utiles. Les femmes sont découpées en morceaux comme des pièces de bœuf et chacun des quartiers trouve son étiquette. Emmanchures, plat dos, entrejambes et ceintures sont les denrées quotidiennes de ma mère, qui va se perdre dans le détail, ne plus jamais voir l'ensemble mais focaliser sur la liaison entre une pièce et l'autre. Être couturière c'est être au service de l'articulation, dans un éternel entre-deux, une façon particulière d'envisager le corps.

Je ne parviens pas à trouver le sommeil à cause de mes jambes qui me font mal. Quelque chose tire et vrille derrière les genoux, descend jusqu'à la cheville, puis remonte derrière la cuisse. C'est lancinant. Mon père dit que c'est la croissance. Il me donne de l'aspirine.

Il n'arrive jamais que mon père oublie ses menottes. Il les garde parfois accrochées à la ceinture pendant le repas, « pétard » et menottes. Et puis il disparaît avec tout ce poids chevillé au corps. Jamais sauf un dimanche matin. Mon frère sort de la salle de bains avec les menottes qu'il brandit une fois introduit dans ma chambre. Il aurait fallu les reposer, ne pas se laisser tenter, tant l'objet est tabou et l'interdiction écrasante. Mais mon frère a grandi et veut le prouver. Il sait ce qu'on peut pratiquer avec une paire de menottes. Il attache sa sœur consentante aux barreaux de son lit et il s'esclaffe. Et puis il se rend compte, après que je me suis contorsionnée et ai supplié, d'abord avec le sourire puis bientôt en larmes, qu'il n'a pas la clé. Il faut donc appeler papa et là je vois mon frère changer de visage et considérer mes poignets avec effroi. La position allongée les bras au-dessus de la tête finit par m'être insupportable, puis une douleur lancinante me cueille et m'obsède, qui oblige mon frère à faire vite. Mais vite n'est pas possible, mon père et ma mère sont enfermés dans leur chambre et il serait incongru de les déranger. L'impossible équation fait faire à mon frère n'importe quoi, c'est tout juste s'il n'a pas l'idée de me cisailler les poignets avec les différentes pinces qu'il sort de la boîte à outils. J'apprends à respirer pour avoir moins mal, à me concentrer pour oublier les omoplates qui me brûlent, les cervicales qui me vrillent les nerfs, mais la panique me prend et je commence à trembler. Mon frère trouve l'Opinel dans le tiroir de la cuisine, celui-là même qui servait à sectionner le pied des moules, mais il a beau tenter de forcer la serrure, les menottes demeurent désespérément fermées.

Il arrive que ma mère poursuive mon frère pour lui mettre une fessée. Il se réfugie dans l'angle d'une pièce. Une fois il a l'idée d'aller sur le balcon et j'ai peur qu'il saute. Mais ma mère n'est pas effrayante. Son visage sombre pourrait nous inquiéter, mais on ne peut la prendre au sérieux à cause des pantoufles qu'elle porte à la maison, ornées d'un plumet rose, et qui annulent sa volonté de domination. Quelque chose d'important se joue dans le choix des chaussures. A-t-on déjà vu un bourreau en mules d'intérieur ? Et parfois même en robe de chambre nouée à la ceinture ?

Chez mes cousines, on va à la messe. J'aime ce divertissement insolite que je vis comme un événement. Le plus excitant est d'être obligée de partir à jeun le dimanche pour avoir le droit de communier. C'est un exercice que je prends au sérieux: pas de petit déjeuner, même au cœur de l'hiver. Pendant l'office, je n'écoute ni ne com-

38

prends ce qui se passe mais je commence à retenir les chants. Je regarde le corps du Christ supplicié sur la croix et la façon dont ses pieds sont fixés l'un sur l'autre en une position excentrique. Je regarde la couronne d'épines disposée sur sa tête et comprends que son faciès soit une grimace. Quand le moment arrive de recevoir l'hostie, j'avance dans la travée centrale, juste derrière Pauline, et baisse les yeux devant le prêtre en signe d'humilité. Enfin je prends soin d'ouvrir la bouche avec un air recueilli. L'hostie fond et ne nourrit pas. C'est une illusion. Manger le corps du Christ est une expérience spéciale et va contre l'idée qu'il est interdit d'ingérer un corps humain.

Ma mère, abonnée à France Loisirs, reçoit un livre qui parle de cannibalisme. Les survivants d'un crash aérien dans la cordillère des Andes attendent les secours durant des journées et des nuits dans la neige. Leur seule façon de se nourrir est de manger le corps des victimes. Ma mère en parle à table, le visage horrifié. Mon père dit que, en service, il en voit de toutes les couleurs ; il parle d'un brocanteur qui a tué et fini par manger sa femme, après avoir stocké les morceaux dans son congélateur. Il prend un air grave mais détaché.

J'aimerais avoir un pantalon en prêt-à-porter que j'ai repéré sur le marché du dimanche. Il est vert légèrement velouté avec des découpes aux poches, et un bas évasé. Ma mère touche le tissu du bout des doigts, tord la bouche et dit qu'elle me confectionnera le même. Je ne veux pas le même mais celui-là, qui habille le mannequin et brille au soleil. Je veux les coutures de ce pantalon, sa braguette et ses finitions, et j'aimerais aussi le ceinturon qui va avec.

J'ai mal au ventre le soir, à l'heure du repas. La position debout est impossible. La crise ne dure pas longtemps, il suffit que je m'allonge sur mon lit, que j'étende bien les jambes au lieu de les recroqueviller sous moi comme je le ferais instinctivement. Ce qui ressemble à des crampes, après avoir incendié tout mon abdomen, s'atténue petit à petit. Je peux alors me lever et m'asseoir à la table de la cuisine. Mon père déclare que ce sont des crises d'acétone, ce qui rassure tout le monde, y compris moi, même si je n'ai aucune idée de ce dont il parle.

Mon père ne sait pas que je joue à mourir. Que je m'affaisse sur le sol de ma chambre et que je reste longtemps allongée, les yeux fermés et le cœur qui ne bat presque plus. C'est plus fort que moi, il me faut renoncer à vivre à intervalles réguliers.

Quand le temps ne passe pas et que je tourne en rond, je finis par m'asseoir à mon bureau, devant le miroir. Je scrute chacun de mes traits jusqu'à entrer en moi et ne plus savoir qui je suis. Je me fixe et me dilue. Sur une feuille de papier Canson, je dessine au crayon à papier les contours de mon visage. Je commence par les yeux et suis surprise de constater qu'ils sont à égale distance du sommet du crâne et du menton. Il est faux de penser que les yeux sont en haut, alors qu'ils marquent le milieu du visage. Mon nez pose problème parce que je ne sais comment en saisir le volume. Je me concentre sur les narines, plutôt rondes et bien visibles. Je reprends la bouche plusieurs fois parce que son asymétrie m'induit en erreur. La lèvre supérieure du côté droit est moins charnue que du côté gauche et quand je m'en aperçois cela me désole. En dessinant la lèvre inférieure je comprends qu'elle me vient de ma mère. Je finis par les cheveux, et je veille à ce qu'ils ne recouvrent pas trop le front. Je refais les pupilles et les paupières, grossièrement esquissées, je gomme et regomme. Je tente de creuser les joues mais, en vérifiant, il faudrait plutôt les arrondir. L'ensemble reste sans relief, statique et inexpressif. Le jour suivant, je recommence. Cela dure plusieurs semaines Je me familiarise avec moi-même, je m'apprivoise. Peut-être que je m'accepte.

Mon entraîneur de gymnastique demande que nous achetions un justaucorps pour les compétitions. Mme Verdi a repéré des modèles au magasin de sport du centre commercial, qui peut nous consentir un prix. J'aime le tissu du justaucorps que j'essaie, seule dans la cabine, épais et élastique. J'aime la façon dont il plaque ma peau, parfaitement fidèle et opaque. Quand je lève les bras, des bandes blanches se déploient et affinent la silhouette. Je tourne devant la glace, satisfaite. J'ai besoin de recul, aussi je sors et retrouve ma mère qui attend derrière le rideau. Je m'observe, marche, m'accroupis, lève les bras à nouveau, enchantée vraiment par l'image dans le reflet. Ma mère, qui semble ne pas avoir d'avis, fronce les sourcils. Moins séduite que moi, elle me propose d'essayer la taille au-dessus, cassant net mon élan d'enthousiasme.

Je ne peux plus aller aux compétitions avec des poils sur les jambes. Cela me prend soudain. Hier je n'y pense pas, aujourd'hui je coupe. Je dis je coupe parce que je n'ai pas encore la clé de l'épilation. Personne ne m'a proposé de supprimer le duvet qui court sur mes tibias et m'obsède. Je n'ai pas accès à la crème dépilatoire et encore moins à la cire – sophistiquée pour l'époque –, alors je fais simple et direct. La paire de ciseaux est accessible la nuit, quand ma mère n'est plus à sa couture. Elle en possède des bien aiguisés, mal adaptés à mes petits poils, mais qui crissent quand même quand la lame officie. C'est comme un carnage sur mes jambes, une taille pas régulière qui dégage d'étroites zones claires, sillons d'un coup visibles et incongrus.

Pendant que j'y suis, je coupe mes cheveux, l'action est plus franche et spectaculaire. J'ai besoin de changer quelque chose, de me transformer. Je tente d'obtenir une frange rectiligne. Je ne réfléchis pas, ce sont mes mains qui décident. Pour égaliser, je coupe de plus en plus court, le résultat est discutable.

Mon père déclare, en buvant le digestif avec mon oncle, qu'il déteste «la viande sous cellophane», dès que ma mère sort de la pièce. Juste avant, la conversation désigne les gosses qu'on ne peut quand même pas avoir par dizaines. Mon père et mon oncle rient d'un rire entendu, parfaitement complices. Pendant que mon frère et moi regardons la télévision.

Je joue au foot en bas de mon immeuble. On me désigne comme gardien de but. Pendant la partie, je saute sur place, je mime les footballeurs vus sur le petit écran. Je monte à la maison chercher une paire de gants épais. Je sautille et me penche vers l'avant, souple sur les genoux, je tape une main contre l'autre à la manière d'un singe. J'ai peur du ballon qui arrive comme un boulet, propulsé par les garçons qui me testent. Je deviens virile le temps de la partie, et puis j'enroule mes cheveux comme une fille quand je quitte la pelouse. Je cours comme un garçon mais je marche comme une fille. Je cherche mon style.

Nous nous entraînons contre la douleur, mon frère et moi, sur le balcon. Il allume un briquet et j'approche la main. Puis c'est moi qui le brûle jusqu'à ce qu'il n'y tienne plus. Nous prenons les tenailles dans la boîte à outils et les refermons sur nos doigts. Nous sommes debout, puis assis, nous résistons mieux assis, le dos calé contre le mur. Nous tentons différentes expériences, différentes méthodes, nous cherchons la limite.

Quand nous rentrons d'Ardèche, où habitent mes cousines, le trajet en voiture est une épreuve. À cause des virages qui n'en finissent pas, de longues courbes qui s'enroulent, serrées et vicieuses. J'ai mal au cœur à la hauteur de la forêt de Lamastre, ça ne rate jamais. Ma mère prévoit un sac plastique, dans lequel je peux vomir. Mais je ne veux pas vomir en roulant, je préfère qu'on s'arrête. J'ai le sentiment de tout gâcher. J'essaie de maîtriser mon estomac, de respirer par la vitre ouverte, et de regarder la route comme me le conseille ma mère, mais rien n'y fait. Mon corps ne m'écoute pas, c'est comme s'il me trahissait. Nous devons nous arrêter et je sens bien comme mon père soupire. Vomir m'impressionne et m'effraie. Je remonte dans la voiture avec un sentiment de honte. Je ne connais rien de plus humiliant que rendre au bord du fossé le déjeuner servi par ma tante, et le visage qui devient le mien, rouge et en sueur, les cheveux collés sur les tempes et les larmes accrochées au coin de l'œil.

Quand je suis malade, immobilisée par la fièvre, je demande que ma mère m'apporte le catalogue de La Redoute. Allongée sous les draps, le dos mal calé contre l'oreiller, je feuillette et rêve de la fille que j'aimerais être. Cheveux longs, peau mate, regard mystérieux, pull marin, jean délavé. Dans le catalogue Phildar, je caresse les échantillons de laine et rêve de l'écharpe que je pourrais me tricoter.

En attendant de porter un soutien-gorge, que je n'ose pas demander, je m'habille avec, sous mon pull, le haut de mon maillot de bain orange. Ainsi je ne suis plus gênée de donner à voir le volume encore approximatif, et fluctuant, de mes seins. Je porte mon maillot dans le plus grand secret pendant près d'une année.

L'accident a lieu devant l'immeuble de Robi. Dominique allait chercher le pain, on ne sait pas comment cela s'est produit. Nous sommes debout sur le trottoir quand les pompiers accourent. L'intérieur du corps se répand sur l'asphalte, une matière blanche et gluante, et tous les fluides arrivent jusqu'à la rigole, le crâne ouvert et les tissus se mélangent aux chairs. Du rouge et du blanc, et nous tous sur le trottoir qui ne pouvons bouger. Les pompiers cachent ce que nous n'aurions pas dû voir. Ils tendent une couverture mais l'image est imprimée pour toujours.

Mme Verdi suggère d'acheter des maniques. Sangles en peau à fixer sur les mains, pour les exercices aux barres asymétriques. J'ai les paumes à vif, creusées par les ampoules mal cicatrisées, ravinées au point d'effacer les lignes de la main. J'ai aussi des bleus si larges sur les os des hanches que ma démarche s'en trouve modifiée. Après le choc contre la barre, répété plusieurs fois de suite à l'entraînement, c'est le squelette entier qui vacille, la douleur qui vrille et qui tape avant de s'assourdir. Les bleus deviennent violets puis jaunes et finissent par disparaître.

J'ai dix, onze ou douze ans. J'ouvre la porte de la salle de bains en pleine journée. Mon père est là, debout dans le bac, le pommeau de la douche à la main. Je m'étonne, avec le recul, de l'absence de rideau. Le visage de mon père grimace, il émet une phrase qui conteste, cinglante, et me chasse illico. La protestation du père est disproportionnée, sans humour ni trait d'esprit. Rien qu'un rejet tranchant. Comme si le regard de la fille soumettait le corps du père. Impossible nudité.

46

J'entre dans le monde des femmes en même temps que dans le monde des chiffres. C'est le début d'une ère nouvelle, dominée par le 28, qui oblige à compter. Les jours et les semaines, la régularité, les retards, les aménorrhées. L'existence s'installe dans un rythme nouveau. Quatre semaines pile, c'est quand même incroyable. C'est le chiffre des filles. Mais pour moi ça ne marche pas, c'est un peu l'anarchie, il me faut prendre mon temps, et je comprends que c'est embêtant. Le Dr Grange me demande si j'ai un cycle régulier et je ne sais pas répondre. Le mot me fait penser au vélo de mon frère. Il y a plusieurs catégories de filles, les adeptes du 28 et les fantaisistes dont le corps rechigne. C'est le ventre qui existe soudain, prend vie, devient chaud, c'est le ventre qui fait mal à la tête, met le cerveau dans un étau. Je n'aime pas cette ébullition, l'impression d'être un alambic qui infuse, transforme, distille, impose une chimie compliquée. Je n'aime pas l'idée d'être une fabrique, une usine, et encore moins une matrice. Les filles sont indisposées, comme on dirait indisponibles ou empêchées. On dit aussi que les filles sont formées, cela est effrayant. Les filles entrent dans la catégorie des femmes, ce qui les apparente à leur mère, induit comme une complicité. Ce n'est pas cette intimité que je veux, je ne vois pas comment partager, je pressens que cette appartenance est encombrante. Il va falloir me sauver.

Mon père choisit le vin blanc. Il marche dans l'appartement avec un tablier autour de la taille, il voudrait ouvrir les huîtres sans se trancher les doigts. Une serviette autour de la paume, il opère, un couteau spécial dans la main droite et un drôle de sourire sur les lèvres. Il insiste tant que chacun se prépare au sang qui va gicler. Ma mère est prête à appeler les urgences. Mais tout se passe bien, il dispose les trois douzaines sur un plateau, presque déçu que l'affaire ne tourne pas au drame. Personne ne peut l'aider, il refuse. Il en est à couper le citron quand le téléphone sonne. Là, d'un coup, il jette le tablier par terre, se précipite dans la chambre pour ajuster à sa taille ceinture et pistolet, et, en jurant, attrape son blouson dans l'entrée. Il a le temps de dire que c'est meurtre ou suicidé. Le soir de Noël, ça ne rate jamais. Il gobe une huître avant de passer la porte et ajoute, agité comme un fou, « avant que ça me coupe l'appétit ».

Pour Noël, je reçois une luge et un livre, *La Merveilleuse Histoire de la naissance*.
Plusieurs dessins en coupe illustrent les différentes étapes de la grossesse et de l'accouchement. Le commentaire est technique, positif, incitatif. Mais comme je ne sais pas, précisément, comment fait le papa pour mettre sa graine dans la

maman, je me concentre sur l'introduction, assez alambiquée. Une phrase éclipse toutes les autres: « Quand le papa aime beaucoup la maman, il est capable de faire pénétrer sa verge dans son vagin. » Je tourne longtemps autour de cette relation de cause à effet. Le papa est donc capable, seulement s'il aime la maman. Rien d'autre n'est dit à propos de la verge, la grande inconnue. Il me manque à ce stade une information capitale, que la verge est censée durcir, par exemple (ne comprenant pas la faisabilité d'un tel emboîtement, je me dis que le papa, s'il aime beaucoup la maman, semble capable de tout). Dans le livre, j'apprends aussi les trompes, les ovaires, les ovules, l'utérus, la nidation, les spermatozoïdes, le sang qui s'écoule, un peu comme le cycle de l'eau tout juste révisé pour une interrogation écrite. L'évaporation et l'éternel recommencement.

Ça commence avec une parole de ma mère. Désignant le sandwich que je viens de me confectionner avec une épaisse couche de beurre, elle espère que je ne vais pas « manger tout ça ». Comme je la toise du haut de mes treize ans, elle ajoute que je vais prendre des formes (encore cette histoire de formes). Je comprends aussitôt mais je mange à ma faim, pain, beurre, saucisson comme tous les jours à l'heure du goûter. Je comprends et puis je doute, et, pour la première fois, je regarde mon corps comme un objet sur lequel je peux agir. Cette phrase de ma mère, sa mise en garde brutale me signifie que je peux décider, je peux maîtriser cette matière-là. C'est le jour où mon corps existe, il m'appartient. C'est le commencement du tourment, puisque, désormais, je vais y penser. Je vais pouvoir expérimenter, décider de modeler mon corps comme bon me semble. Cette idée est un poison, le début de l'inquiétude. Ma mère, en prononçant cette phrase censée me mettre en garde, censée me préserver d'un destin assassin, déclenche un processus dont elle n'a pas idée. J'endosse un cumul de sentiments nouveaux : la responsabilité et la culpabilité. Elle me signifie sans le vouloir que la beauté est le fruit de la volonté. Je l'entendrai souvent dénigrer les femmes laides, et surtout les femmes volumineuses, auxquelles elle voue un dégoût suspect. Alors que je suis une adolescente normalement constituée, que je mange quand j'ai faim, je vais commencer à modifier mes réflexes alimentaires et me scruter dans la grande glace de l'entrée. Je vais examiner de face, puis de profil, la façon dont mes membres s'articulent, se prolongent, et mes courbes se dessinent. Je vais devoir me faire un avis, alors que, jusqu'à présent, je ne me trouve ni trop ceci ni trop cela. Seul mon nez me désespère, et mes yeux qui ne sont pas bleus. Jusqu'à présent j'avais la paix. Manger du pain et du beurre vers cinq heures de l'après-midi serait une anomalie, une mauvaise habitude dont ma mère voudrait me détourner. Pourquoi ne dit-elle rien à mon frère, pourquoi le laisse-t-elle saupoudrer du cacao sur sa tartine ? Je détecte dans la réflexion de ma mère, comme le signe d'une appartenance féminine. Veut-elle m'enrôler dans son camp, m'attirer dans les filets de son angoisse ? À partir de ce jour, je vais observer la lente évolution de mon corps. Je vais jouer à maigrir. Non seulement je supprime les sandwichs de l'après-midi mais je mange le minimum à chacun des repas, sans que cela se voie. Je refuse fromages et desserts, et n'accepte que les légumes sortis de la cocotte-minute. À midi, je mange à la cantine, donc je fais ce que je veux. Je m'endors le soir en caressant les os de mes hanches qui saillent sous la peau et j'aime cela. Le matin je suis fatiguée, mes pas s'inscrivent lourdement sur le trottoir quand je vais au collège. Je flotte dans mes pantalons et j'ai faim. J'aime la sensation de vide qui m'habite, qui me creuse. J'atteins un état de pureté voluptueux, comme si j'étais neuve, lavée. Puis manger devient une obsession, j'ai envie de viande, de gâteaux, de fruits. La première bouchée est un envoûtement. Je découvre la subtilité de chaque saveur, la montée en puissance du sucré, l'explosion pour ne pas dire l'arrogance du chocolat. Après plusieurs carrés, je ne sens plus rien, la pâte ramollie dans ma bouche n'a plus grand-chose à me dévoiler, il me faut du salé pour maintenir l'excitation. Le fromage est la plus concluante des expériences, je le couche sur du pain et le plaisir est à son comble, si ce n'est l'arrière-pensée dont m'a chargée ma mère. Je pense à mes fesses qui rempliront à nouveau mon pantalon, puisque j'ai pu vérifier qu'il y a bien un rapport de cause à effet. Je jeûne et je fonds, je mange et je regrossis. C'est comme un jeu, à la différence près que le mécanisme est porté par un manque difficile à identifier. Tout ou rien sont mes nouvelles donnes, vide ou plein, ascétisme ou débauche, je ne parviens plus à revenir comme avant. Avant que j'y pense, avant que ça existe, avant que mon corps entre en scène, relié à mon cerveau.

Je passe de plus en plus de temps devant la grande glace de l'entrée. En robe, en pantalon, en culotte. De face, puis de profil. Pour me voir de dos, je dois organiser une petite installation dans la salle de bains, en m'aidant du miroir à trois faces de l'armoire à pharmacie. Je ne sais quoi penser, rien ne m'emballe rien ne m'effraie. Je ressemble à un garçon même si je porte un soutien-gorge. Je prends des mesures pour véri-fier le nombre d'or dont on nous a parlé en cours. Pour être bâtie harmonieusement, il faut que la proportion qui situe le nombril entre la tête et les pieds soit à égale à 1,6 si j'ai bien compris.

J'apprends dans un magazine qu'on peut s'éclaircir les cheveux avec de l'eau oxygénée. Je m'installe dans ma chambre après avoir fermé la porte à clé. J'imbibe un coton et l'applique sur une mèche. La couleur ne bouge pas. Je renouvelle l'application. Rien. Je change de mèche. Je verse une grande quantité d'eau oxygénée sur le coton. Toujours rien. Je pense que je suis trop brune. Je trempe directement la mèche dans la bouteille. Le bout de la mèche blondit. C'est un miracle. Je peux devenir blonde si je veux. Je ne peux pas changer la couleur de mes yeux, ni mon nez. Mais je peux être blonde. C'est toujours ça.

La maison est emplie de l'odeur des tissus. Taffetas, velours, cotons, rayonne… C'est l'avènement des fibres synthétiques et ma mère aime la nouveauté. Elle vit dans un monde de couleurs, qu'elle choisit avec la cliente, en harmonie avec le teint de sa peau. Elle répète souvent que le rouge est fait pour les blondes, que le mauve est la marque du deuil. Elle n'aime pas le noir et se fait rappeler à l'ordre parce que les femmes réclament le noir qui leur sied souvent mieux que n'importe quelle fantaisie.

Elle ne propose jamais de figure géométrique, elle trouve que ça alourdit la silhouette. Par contre, les étoffes fleuries l'enchantent, même les moins raffinées. Elle conseille souvent du vert, émeraude ou turquoise, que personne ne prend le risque de porter. Elle se méfie des étoffes transparentes parce qu'il faut prévoir une doublure, mais, dans le doute, elle finit toujours par coudre une doublure, pour que le tissu ne remonte pas le long du collant. Le corps des femmes qui entrent dans son atelier est le prolongement du corps de ma mère. Elle confectionne pour elles ce qu'elle n'oserait pas porter. Elle aime ce qui est féminin. C'est un mot qui revient souvent dans sa bouche.

Le Grand Blond avec une chaussure noire est diffusé un soir à la télévision. Je regarde, seule avec mon père, pendant que ma mère coud à l'autre extrémité du salon. Mireille Darc apparaît dans une robe si échancrée que son dos et ses reins requièrent toute l'attention. Quelque chose passe dans le salon, qui me gêne, sans que je comprenne pourquoi. Habituellement, quand une scène nous amuse, nous choque, nous dérange, l'un de nous émet une réflexion qui allège l'atmosphère. Mais la tension s'installe et je crains que Mireille Darc apparaisse trop souvent à l'écran. Quand elle sort du bain, enveloppée dans une serviette, je dis à mon père que je vais aller me coucher, de peur que le film m'emmène là où je ne veux pas aller.

Quand je marche sur la poutre, je suis désormais trop grande et trop lourde. Je perds l'équilibre plus facilement. Mes demi-tours sont moins assurés, mes figures plus massives, mes sauts plus bruyants. Je sens que je suis moins aérienne et que l'échauffement me coûte davantage. La peur s'empare de moi d'un coup et agit sournoisement. Impossible d'enchaîner mes mouvements en toute inconscience. J'hésite, je m'arrête, je m'y reprends à deux fois. Je respire, et, au moment de tenter le salto, quelque chose me retient, qui m'empêche de me lancer. Aux barres asymétriques, c'est la même appréhension qui rend mes membres impuissants. Je ne franchis plus la barre supérieure intuitivement, mais je pense à mes jambes qui peuvent accrocher et me faire chuter. Le saut de cheval devient risqué, la course qui précède le rebond sur le tremplin promet un envol laborieux et je stoppe le plus souvent avant l'obstacle. Mon corps devient encombrant, il prend toute la place et m'ôte la grâce et l'énergie qui me portaient auparavant. Mon poids a changé, mes hanches se sont dessinées et mes muscles s'imposent avec plus d'insistance. Je n'aime pas le déplacement d'air qui accompagne mes mouvements, moi d'ordinaire si légère et discrète. Mon centre de gravité s'est modifié. Ma tête s'est invitée dans mon corps. Je suis désormais paralysée. Le grand miroir de l'entrée me dit la vérité. Je dois cesser le sport si je ne veux pas devenir un homme. Je dois cesser de courir et de sauter si je ne veux pas me blesser. Je dois cesser d'aller à l'entraînement si je veux avoir du temps pour tout ce qui m'attend.

2

La première fois, c'est pendant les vacances. Mon frère vient de s'égratigner les genoux sur les graviers et je ne peux pas m'en débarrasser. Il essuie ses larmes avec ses mains pleines de poussière et le mélange fait quelque chose de poisseux sur ses joues. Le garçon qui me tourne autour est plus vieux que moi, ce qui me laisse croire que j'ai un pouvoir que les autres filles n'ont pas. Je porte une jupe-short que m'a confectionnée ma mère, avec une fleur cousue sur le devant. Avec le bronzage que j'ai réussi à obtenir à force de m'exposer sur la plage, le contraste est saisissant. Nous nous retrouvons à la tombée de la nuit, pendant le tournoi de volley. Le garçon ne parle pas. Je le suis dans le chemin qui descend entre les figuiers et les plantes grasses. Je sais que nous n'avons pas beaucoup de temps, mes parents ne vont pas tarder à me chercher. Nous disparaissons sous la végétation mais nous parvient encore le bruit des frappes sur le ballon de volley. Le garçon m'embrasse d'un coup, sans créer aucune sorte de suspens, ce qui me surprend mais ne me déplaît pas. C'est le premier contact, bouche contre bouche, c'est simple et chaud, c'est vivant. Ce que j'aime chez ce garçon, outre le fait qu'il m'ait désignée, est qu'il porte de longs cheveux bruns, une chemise ouverte sur le devant et qu'il affiche dans la démarche une légère désinvolture. Je sais seulement qu'il est de Grenoble et qu'il a déjà quinze ans. Un âge, me semble-t-il, où l'on ne choisit pas ses fiancées à la légère. Je lui fais une confiance totale, il sait forcément ce que j'ignore et cela me séduit. Il m'embrasse à nouveau en me prenant cette fois contre lui et le contact m'émeut. D'être ainsi enveloppée, même si l'étreinte est un peu molle. Bientôt les branches nous gênent. Nous nous accroupissons sur la rocaille, avec les épines de cactus qui menacent notre dos et la lumière d'un lampadaire qui vient débusquer nos silhouettes mal installées. Il glisse une main contre mes reins, au-dessus de ma jupe-short, à même la peau. Je crois que je vais devoir m'opposer, qu'il va tenter tout ce qu'on tente à son âge – et que j'ignore –, j'imagine qu'il va me falloir utiliser la parole, résister, sans doute même le fâcher. Mais sa main demeure ainsi dans mon dos, sans dessein particulier, et j'ai l'impression qu'il fait rapidement le tour de la question. Je pense qu'il s'ennuie. Son geste est sans désir, sa respiration sans accélération, il me caresse la taille comme on flatte le flanc d'un chat, sans inspiration. C'est moi qui l'embrasse une nouvelle fois, pour ne pas me contenter de subir, et pour combler le vide qui s'installe entre nous. Mais je ne fais que mimer, que reproduire une image vue à la télévision. À part faire tourner notre langue dans la bouche de l'autre, nous restons sans imagination et l'expérimentation tourne court. Ce jeu commence à nous lasser et notre inconfort l'emporte. Nous rejoignons le chemin, enlevons les épines de pin plantées dans nos cheveux et retrouvons l'ensemble des vacanciers occupés à compter les points autour du terrain de volley. Nous nous éloignons l'un de l'autre pour ne pas éveiller les soupçons et là, même si je ne suis pas bouleversée, je ne suis plus comme avant. J'ai changé. J'ai fait l'expérience de la peau, j'ai laissé une peau inconnue toucher la mienne, et j'ai compris ce que cela provoquait.

Je sais à présent pourquoi je me fais bronzer en veillant à ce que les bretelles de mon maillot de bain ne laissent pas de marques. Ce n'est pas seulement pour imiter ma mère, c'est pour que ma peau attire une autre peau.

C'est un autre garçon, qui ne parle pas. Il vient d'arriver à l'hôtel des Pyrénées et me regarde jouer au ballon avec mon frère. Il observe bizarrement sans rien dire ni bouger. Il reste dans la pénombre, installé sur un muret au fond de la cour. Je me dis que le garçon veut peut-être jouer avec nous. Je ne sais si je dois lui proposer ou si je dois attendre qu'il demande. Cette question gâche notre partie de foot. J'ai peur qu'il me trouve ridicule parce que je suis une fille. Je maîtrise pourtant bien la balle, je m'abstiens de dribbler et me contente de faire des passes peu risquées. Le garçon ne me quitte pas des yeux. Il est en short malgré son âge ; il a beaucoup de poils noirs sur les jambes. Je fais comprendre à mon frère que la partie est finie, je préfère rentrer. Le garçon descend de son observatoire et vient à ma rencontre. Il désigne le rosier qui grimpe sur le mur, cueille une rose et me la tend. Je reste sans réaction et remercie le garçon qui parle une langue étrangère. Son visage est grave, il arrache une grosse épine sur la tige de la rose rouge et je comprends qu'il me demande de regarder. Il est debout devant moi, respire plus fort puis s'enfonce l'épine dans le pouce, très lentement, avec application, jusqu'au bout, et veille à ce que je ne manque rien de sa performance. Il ne vacille pas, ne montre pas sa douleur tandis qu'une goutte de sang perle sur son doigt et que mon estomac se retourne. Il s'agenouille devant moi tel un chevalier, puis déclare avec un accent espagnol appuyé : « C'est l'amour. »

L'arrivée des garçons prend toute la place. Ils se logent dans un espace inaccessible aux parents. Invisibles bien qu'omniprésents. Insoupçonnables mais incrustés dans chaque pore de ma peau. Je suis tout entière requise par les regards, les signes, les appels, y compris ceux issus de ma pure imagination. Chaque garçon devient un amoureux potentiel, une matière à capter, une comète à détourner. J'ai besoin des garçons pour me rassurer, me confirmer que je suis vivante, et que, au pays des vivants, j'exerce une force d'attraction. Je range les garçons en deux catégories : ceux qui m'attirent et ceux qui ne m'intéressent pas. Ce qui revient à dire que, d'un côté, il y a ceux qui ont des cheveux longs avec des mèches et une allure de voyou, et, de l'autre, ceux qui ont une coupe qui dégage les oreilles (et parfois aussi une paire de lunettes). Mon échelle de la sensualité passe d'abord par une simplification du monde à l'extrême. Qui elle-même passe par le corps, ou plutôt ce qu'on appelle le physique. Une grande question entre dans ma vie, dont je débats avec Héléna : la beauté physique est-elle importante ? Mais, beauté ou pas, j'ai besoin de définir mon territoire, décréter que je ne suis attirée que par les grands bruns en blouson noir. Je mets du temps pour comprendre que je réagis à l'inverse de ma mère qui clame à quel point elle aime les blonds en costume, Marcel Amont demeurant son idéal indéboulonnable.

Ce que je vis avec mon cousin Olivier échappe à toutes les règles. Il pourrait être l'amoureux idéal parce qu'il a le même âge que moi et une chambre dont la porte ferme à clé. Nos parents se visitent à intervalles réguliers et les conversations des adultes dans le salon nous incitent à nous retrancher dans la chambre, de l'autre côté du couloir. Mais Olivier, une fois la targette de sa porte tirée, oublie que je suis une fille. Il met un disque sur son électrophone mais ne m'invite pas à danser. Il s'assied sur sa chaise de bureau, tapant la mesure de la musique de David Bowie avec son double décimètre, alors que j'allonge mes jambes sur le lit, le dos contre le mur. Il montre bientôt des signes d'ennui et, entre deux quarante-cinq tours, jette des coups d'œil répétés à la fenêtre, à l'affût, semble-t-il, d'un garçon qui passe à mobylette. Il s'inquiète de savoir quand la tarte aux fruits sera servie au salon. Il demande à sa mère s'il y aura de la crème Chantilly. Il ajuste son col de chemise sous son pull en V en se regardant dans l'armoire à glace. Nous ne parlons pas. Nous faisons tenir l'après-midi sur presque rien. Olivier n'est sûr que d'une chose : je dois quitter mes chaussures quand j'entre dans sa chambre. Nous sommes tous les deux en chaussettes, moi parfois en collants, ce qui n'est pas gênant parce que le chauffage par le sol procure une sensation agréable sous la plante des pieds. Je bouge un peu les jambes en écoutant les Rolling Stones mais Olivier, toujours absorbé par son image dans le miroir, remet une mèche en place, tire un peu sur son pantalon de tergal, à mille lieues de mes jambes qui s'agitent sur *Sympathy for the Devil*. En regardant Olivier de plus près, au moment où se pose la question de tenter le diable, je prends conscience de ce qui me repousse chez lui. Je n'aime pas ses lunettes ni sa moustache naissante. Mais en fait ce sont ses fesses qui me rebutent, la façon dont il les bouge quand il marche, ses fesses qu'il garde serrées dans le pantalon et qui, sans être grosses, révèlent, à chacun de ses mouvements, une chair plus boursouflée que musclée. Il y a quelque chose de mou chez lui, une courbe quasi féminine au niveau des hanches qui, dans le tissu gris, m'inspire du dégoût. J'ai, avec Olivier, la révélation de la mollesse, celle du corps mais aussi celle du tempérament et cette nouveauté me permet de définir une nouvelle ligne de démarcation dans mon attirance pour les garçons : les grands bruns en blouson noir devront, de plus, aligner du nerf et de la fermeté.

Mais en fait, les fesses d'Olivier, loin d'agir comme un simple élément de répulsion, demeurent un mystère. Je pourrais me contenter de regarder ailleurs et de n'y plus penser mais quelque chose d'étrange me dit que ces formes-là tiennent un langage qu'il me faudra apprendre à décrypter.

Et ce langage me met mal à l'aise, me dérange. Un jour que j'insiste et que, après avoir écouté tous les disques et mangé plusieurs parts de tarte, la conversation descend un peu en dessous de la ceinture, il y est question des fesses, qu'on n'est *pas capable* de montrer. Nous nous mettons au défi, nous nous cherchons. Olivier insinue qu'il ne pourra montrer ses fesses à personne, jamais. Je tente de me défiler et regagne la pièce où les adultes boivent du mousseux et parlent fort. Puis je retourne dans la chambre où se joue un théâtre autrement plus passionnant. Nous tentons de parler d'autre chose, mais rien ne nous détourne de la question. Nous savons que c'est pour aujourd'hui. Olivier, dans un geste de dépit, de désespoir mais aussi dans un sursaut d'arrogance, descend son pantalon et révèle les zébrures qui brunissent ses reins et tout son arrière-train. Il annonce simplement : « C'est mon père avec la ceinture », avant de mettre définitivement hors de ma vue la signature des violences paternelles. Ensuite, nous restons assis sur le lit, un peu sonnés. Ce que je viens de voir m'interdit de bouger, de penser, d'agir. Si je pouvais ne plus être là, ce serait mieux. C'est peut-être de ce jour que les fesses molles se sont inscrites dans mon cerveau comme un symptôme à fuir de toutes mes forces. Les parents se disent au revoir, promettant de se rendre visite bientôt. Quand j'embrasse mon oncle en évitant la moustache, je pense à la ceinture qui tient son pantalon et qui claque si fort sur les fesses d'Olivier qu'elles en demeureront flasques à jamais. Je ne parviens pas à oublier cette vision une fois installée dans la voiture, écœurée par les gâteaux et la crème absorbée dans l'appartement surchauffé.

Quand j'embrasse un garçon, c'est : dans une entrée d'immeuble, sur un chemin désert, derrière une porte, dans un sous-bois, au fort militaire, dans un garage aménagé pour une fête d'anniversaire. Ce qui va avec le monde des garçons est : caché, pas éclairé, debout. D'abord, j'embrasse les garçons debout, les bras ballants. Ce n'est que plus tard que viennent l'idée et la possibilité de s'allonger. Debout pose la limite, empêche les débordements, protège. Debout est la position des collégiens, provisoire mais bien assez troublante. Elle permet aux filles d'être les égales des garçons. Face à face, boutons sur le front, clignements des cils. Le monde des garçons demeure à l'extérieur de la maison. Rien ne transparaît pendant le repas du soir. Aucun commentaire, aucune sensation évoquée, aucune question posée, malgré l'immensité de l'inconnu qui s'ouvre devant moi. Les adolescentes deviennent silencieuses et rêveuses. Elles se contentent de mettre la table et de débarrasser sans dire un mot. Elles glissent dans un monde parallèle et les adultes les trouvent insupportables. Elles deviennent obsédées par leur corps, d'un coup, trop gras, trop blanc, trop mou, trop musclé, trop maigre, trop plat. Elles entrent dans le monde du trop et du pas assez. Les premiers ennuis arrivent avec les garçons. Les premières réponses impertinentes et les premières portes qui claquent. Les garçons rendent les filles méconnaissables. Les garçons introduisent dans le foyer : poison, subversion, confusion.

Il paraît que c'est la faute des hormones, du corps qui change. C'est triste de savoir cela, c'est tellement décevant. Marie-France a des jambes fines et très blanches, des hanches étroites, des pieds trop longs, Héléna a des mollets musclés, des épaules larges et de tout petits seins, Christine a la peau mate et des fesses larges et plates, Françoise a des seins écrasants et des courbes sinueuses, de la chair qui dépasse du pantalon, Muriel ressemble à un garçon, sèche et anguleuse, Louisette a la peau blanche parsemée de grains de beauté, une voix et un décolleté troublants. Si j'étais un garçon, le corps de Louisette me perturberait.

Nous allons voir ma grand-mère tous les quinze jours. Elle ne se permet jamais aucun commentaire sauf ce jour où, me regardant, elle trouve que j'ai bonne mine. Elle ajoute, croyant me faire plaisir, que j'ai pris des rondeurs. Comme je fais la tête en rentrant, ma mère m'explique que c'est une qualité, pour les vieilles personnes qui ont connu la guerre et les privations, que d'avoir des formes et des courbes. C'est un signe de bonne santé.

Des rougeurs apparaissent sur les ailes de mon nez. Je sens la peau qui enfle, qui se charge de volcans minuscules. La soie n'est plus la matière qui m'enveloppe, qui reflète la lumière. Je me sens briller, je cache mon front sous des mèches de cheveux, je cache même mes yeux, ce qui agace mes parents. Mon père se moque, dit que, s'il devait dessiner un portrait-robot, ce serait une fille sans visage. Mon père exagère, il en a vu d'autres, il a vu des visages sans vie, des têtes décapitées, comme cette jeune femme dans l'accident sur le pont de chemin de fer, des visages tuméfiés, des yeux sortis des orbites, des femmes dont les pommettes ont été arrachées, des enfants aux paupières brûlées, des cous strangulés, des oreilles arrachées. Et même un crâne scalpé. Il en parle une fois à l'apéro, il en est à son troisième verre de pastis. Il ne donne pas de détails à mon oncle, il dit seulement qu'il y a des salauds qui ne savent plus s'arrêter. Alors les boutons sur les joues de sa fille, il trouve cela plutôt charmant. Il ricane gentiment, il ne me prend pas au sérieux et je suis désespérée. Je voudrais disparaître. Au collège, je choisis ma place en fonction de l'acné, un nom si agressif que je ne le prononce jamais. Les tables dispo-sées en U sont une chance, je tourne le dos à la lumière, n'apparais que dans un contre-jour protecteur. Je ne lève jamais le doigt, ne propose aucune réponse, me garde d'attirer l'attention sur moi. C'est sans doute de cette époque que date ma timidité, moi qui, à onze ans, chantais debout sur la table au mariage de ma cousine. Le revirement est spectaculaire, je voudrais ne plus avoir de corps.

Arrive l'idée du camouflage, des premiers fonds de teint. Il s'agit de dissimuler, d'enfouir, de « masquer les imperfections », ainsi que le suggère la notice d'utilisation, sous une couche épaisse. Poudre ou fond de teint, que faut-il choisir ? Fluide ou compact ? Je fais quelques essais au Monoprix de la cité, mais le maquil-lage coûte cher, j'en achète de qualité médiocre qui sera d'un piteux effet. Devant le miroir de ma chambre, je fais des tentatives. À la lumière artificielle, le résultat est encourageant, ma peau prend la couleur de l'abricot. À la lumière du jour, c'est un désastre si j'en juge par le cri que pousse Héléna.

Comment les garçons attirent-ils les filles ? Les cigarettes, les ceinturons, les motos, les jeans déchirés, les casques intégraux. La virilité n'ex-clut plus la féminité. Les garçons d'aujourd'hui portent foulards, bagues, boucles d'oreilles. Ce qui me trouble et me touche. Geste élégant et voix grave, aplomb et fragilité, jean moulant et pomme d'Adam saillante, maigreur et barbe de trois jours, poils et bottines. Ce sont précisément ces garçons que mon père traite de « tapettes ». Pour faire simple, je suis attirée par les « tapettes ». Je n'aime pas : les gros bras, les cheveux en brosse, les uniformes, les mâchoires carrées, les sportifs. J'ai un faible pour les « basanés », les ritals, les Arabes, les gitans. Et les chaussures trouées.

J'aime les après-midi d'anniversaire auxquels je suis conviée. Au lieu d'aller à l'entraînement de gymnastique, je disparais dans les garages, ou les salles à manger dont on a tiré les volets. On y boit de l'Oasis orange et nos premières canettes de bière. On y fume des cigarettes blondes ou des Troupes rapportées de l'armée par les plus âgés d'entre les garçons qui n'ont pas eu la chance de se faire réformer. On écoute de la musique fort, on danse et surtout on regarde les autres danser. On n'ose pas s'aventurer sur la piste, c'est-à-dire au milieu du salon dont on a retiré le tapis, on porte des pulls longs pour ne pas montrer ses fesses. On finit par concéder un slow à un garçon qu'on a croisé une fois ou deux en bas des tours. On le tient d'abord à distance puis on accepte qu'il pose la tête sur son épaule. On a peur que les corps s'étreignent. Tête-épaule, ça passe.

On ne veut pas que les bassins s'approchent. On est là pour ça, reconnaître ensemble la musique qu'on écoute dans la cité : *Stairway to Heaven*, *Instant Karma*, *Satisfaction*. On est là à attendre que quelque chose arrive, les filles en demi-cercle autour de la pièce, les garçons massés près de la porte d'entrée, débouchant les canettes de bière dans un rire immature, les garçons qui semblent à la fois imposants parce qu'en grappe et prêts à prendre la fuite à la moindre alerte, les garçons réfugiés sur le balcon pour fumer. On ne parvient pas à savoir si les filles les intéressent ou non. Quand les garçons sont ensemble, on ne sait plus qui ils sont. Ils deviennent des ombres, des mécaniques réglées en simultané, un seul corps à têtes multiples. Un groupe de garçons n'est qu'une caricature. Des rires forcés, des gestes plaqués, des regards effarouchés. Alors que les filles, occupées au contraire à cultiver leur différence, tendent des perches dans la peur qu'elles soient saisies. Les yeux se cherchent et s'éconduisent dans la pénombre, les membres se frôlent, les signes s'échangent maladroitement. On ne comprend rien et on interprète tout. On a le cœur qui bat au moindre déplacement. On est à l'affût du plus petit mouvement, du plus discret changement de cap. Si un garçon traverse la pièce, l'équilibre de l'ensemble est menacé, si un garçon élève la voix pour demander un autre disque, toutes les filles le regardent comme un

69

héros. On n'ose pas danser, seul, jambes, torse, poitrine, bouger sous le regard des autres, on se sent nu, même dans la semi-obscurité. Quand un garçon s'en va, c'est une défaite, quand un autre arrive, c'est le jeu des possibles qui reprend du mordant. Cela dure des après-midi entiers sans que rien de décisif advienne jamais. Les garçons demeurent à l'observation et repartent sur leurs mobylettes sans personne sur le porte-bagages, et les filles n'ont toujours pas compris ce qui en elles n'était pas attirant. Puis c'est le retour à la maison, où il faut faire disparaître l'odeur de la cigarette, s'enfermer dans la salle de bains et se brosser les dents, retirer le rimmel amassé sur les cils, changer de vêtements et dissimuler le pull-over puant sous la masse de linge sale. Faire peau neuve avant de passer à table.

Des mots pliés en quatre circulent pendant le cours. Tous les garçons de ma classe sont amoureux d'Isabelle parce qu'elle a les yeux bridés. Le professeur de français intercepte les morceaux de papier et demande à l'un d'entre nous de lire les mots à voix haute. Il insiste pour qu'un volontaire se désigne. Nous baissons la tête. Devant ce qu'il appelle notre lâcheté, il se propose de lire lui-même, puis, saisi de remords, préfère nous donner un devoir dont l'intitulé est : «Vous faites une déclaration à l'un de vos camarades de classe, sans le citer. Vous dites ce qui, dans sa présence, dans sa façon d'être, vous plaît. »

Günter Thomas apparaît entre les tentes des filles, torse nu avec une serviette de bain sur les épaules. Le soir, il est là et, miracle, s'approche sur la piste de danse. Il fait trente centimètres de plus que moi, c'est ce qui me gêne le plus quand nous dansons sur *Imagine* de John Lennon, mes mains accrochées à ses biceps. Je suis étonnée d'autant de simplicité. Je crois que toute la vie sera comme ça: un garçon me plaît, nous dansons, c'est l'été, nous nous allongeons dans la nuit sur le sable déjà froid, près de l'eau noire. Un garçon me plaît, il parle allemand, John Lennon chante en anglais, je suis trilingue en un instant. Je sais dire *Wie heisst du ?* (Comment tu t'appelles ?) *Wo wohnst du ?* (Où tu habites ?) *Wie lange bleibst du hier ?* (Tu restes là combien de temps ?) Günter Thomas habite Düsseldorf et repart dans cinq jours. Je me félicite d'avoir choisi allemand première langue. Le lendemain, je parle allemand toute la journée, j'apprends plus qu'en une année de cours, je me lance, questionne, réponds, n'ai pas peur des mauvaises déclinaisons, des génitifs, des prétérits. Je comprends une chose et son contraire, réinvente les mots inconnus et me crée un univers parallèle. Il me manque toujours un nom, parfois un verbe et les conversations manquent de

71

consistance. Nous en restons à la surface des choses, au commentaire des microévénements de la journée: l'avion qui décolle, la fille qui tombe en ski nautique, le repas qui approche, et nous redevenons des enfants, uniquement captés par l'instant, par le visible, par le concret. Nous ne pouvons exprimer aucun sentiment, aucune sensation, à l'exception du froid et du chaud, de la fatigue et de la faim, *Ich bin müde*, *Ich habe Hunger*. Nous utilisons beaucoup nos mains, pour donner corps à chacune de nos phrases, nous mimons, exagérons chaque situation avec des bruits de bouche, des onomatopées. Nous simplifions, adaptons. Notre corps entre en scène, de plus en plus expressif. Nous portons le langage dans notre cage thoracique, nous courbons, nous redressons, bougeons les bras, inclinons la nuque, nous ondulons, frétillons, nous illustrons chacune de nos paroles et en devenons ridicules. Je ne suis pas la même quand je parle allemand. Je perds de ma complexité, de mon caractère. Je deviens interchangeable, je suis avant tout une Française, c'est ce qui me définit, avec mon physique de Française, et Günter est un Allemand, grand, blond, à la peau rougie par le soleil, au corps venu d'ailleurs, émouvant dans sa pâleur. Ce qui me plaît est l'idée qu'il soit allemand, l'exotisme qui me tire hors de moi, attise ma curiosité et me valorise. Mon destin devient international. Je sors de ma banlieue d'un coup, de ma condition, de mon histoire. Düsseldorf est une ville qui existe soudain, dont le destin m'importe et que je peux désormais situer sur une carte. L'inconvénient avec Günter est qu'il doit partir bientôt. J'ancre cette réalité dans mon cerveau et répète à quel point cela est *schade* (dommage) et comme je suis *traurige* (triste), deux mots que je prononce à la perfection. Depuis notre rencontre, nous nous préparons à la séparation et cela donne à notre brève histoire un goût particulier. Nous nous promenons le long du rivage en nous tenant par la main, dans la nécessité de ressentir pleinement ces moments, sans céder à la mélancolie. Nous apprenons à vivre dans l'instant et profitons de l'épreuve qui s'annonce pour nous serrer l'un contre l'autre plus fort, comme pour conjurer la souffrance à venir. Nous devenons indissociables, pathétiquement incorporés, il serait impossible de nous arracher l'un à l'autre. Alors Günter m'invite à partager son couchage dans la grande tente où il dort. Nous demeurerons ainsi une partie de la nuit, allongés l'un contre l'autre, sans bouger, dans l'inconfort du lit de camp, en présence des autres garçons allemands, de leurs conversations énigmatiques, de leurs rires exagérés, de leurs ronflements, de leur indélicatesse. Günter s'endort le premier et je reste contre lui sans oser un mouvement. Au matin, j'ai mal dans chacun de mes os.

Quand Günter disparaît, la douleur creuse dans ma chair. Je ne supporte plus, en quelques minutes, le soleil, la mer, les cours de voile, John Lennon, les autres garçons, les Françaises avec leurs cheveux châtains, leur bronzage exagéré, leur taille moyenne. Cela fait mal dans le ventre, c'est la première fois, ce n'est pas comme une indigestion, ce n'est pas ce que mon père appelle une crise d'acétone, ce n'est pas la faim, c'est comme un trou que rien ne peut combler. J'apprends que le manque est physique, que c'est tout le corps, qui cherche, qui appelle. Je ne pense qu'à calmer mon ventre. Même couchée, je me déchire. Quand mes parents viennent me chercher à la gare, je pleure. C'est ma carte de visite. Je suis désormais une fille triste. Quinze jours plus tard, je pleure toujours en ouvrant la boîte aux lettres vide. Ma mère, qui n'a pas pris au sérieux mon chagrin, se réveille. Elle demande, sur un ton inquiet: « Tu n'as pas fait de bêtise, au moins ? »

On ne croit pas les adultes qui disent que « ça passera ». On refuse que ça passe. On voudrait au contraire que ça reste, rien que pour les contredire. On voudrait que ça laisse des traces, que le manque soit visible, palpable, qu'il ait la couleur rouge par exemple. Je suis dans le rouge pendant des semaines, un rouge vif qui m'écartèle, une boucherie. Je suis une fille nouvelle, à qui mes parents et mon frère ne parlent pas, comme si j'étais un tas de braises, une maladie contagieuse. Je me dédouble, pile et face, d'un côté, petit automate docile qui va au lycée et, de l'autre, la fille brûlée vive à qui on a demandé si elle n'avait pas fait une « bêtise ». Ma mère dit que je me mets « dans des états ». Ce qui sous-entend : pour pas grand-chose. La vie reprend malgré tout et j'oublie parfois d'être triste. Ce qui s'annonçait comme l'amour du siècle se change en amour de vacances, ce qui est terriblement vexant, et se range au rayon des souvenirs de vacances. Je dois accepter cette réalité-là : je suis comme les autres, ni plus ni moins exceptionnelle, je n'échappe pas à la loi du temps et de l'éloignement. Je n'y crois pas, mais j'admets, parce que ça m'arrange d'avoir moins mal.

Ce qui arrive après est le franchissement d'une étape spéciale. C'est le corps qui entre en scène, maladroitement mais résolument. Ce qui arrive après est l'apparition d'un désir nouveau, qui occupera bientôt une place centrale, excessive. Le visage des garçons change, le regard surtout, lancinant, et les gestes qui s'emballent puis se cabrent en chemin, qui se brouillent. Je sais que je ne demeurerai pas dans l'enfance, dans l'instant chamboulé pour un baiser, je sais que je m'immergerai dans les profondeurs, que je m'écorcherai, que je n'échapperai pas à l'appel de la chair. La vie passera par là, je n'y pense pas, j'y pense un peu, j'ai envie et pas envie à la fois. Le moment venu, j'aurai tout le temps de dompter mon attirance et ma peur, c'est un défi qui m'intéresse.

Je grave son nom dans ma gomme, j'écris des lettres que je ne lui envoie pas. Il paraît que nous nous ressemblons, mon versant masculin, la cambrure, la maigreur. Nous sommes timides et beaux. Je fais un détour le matin quand j'arrive sous le préau. Lui ne voit rien. J'enlève mon bonnet tricoté main – mes propres mains – et ma grande écharpe orange. Je suis à trois mètres, je remets à plus tard le moment de lui parler. Cela dure des semaines, avec ou sans bonnet, les cheveux attachés ou non, les yeux maquillés ou pas. Je ne sais presque rien : je l'ai entendu rire souvent, j'aime sa voix grave, sa nonchalance et la façon qu'il a de pousser son vélo. Il ne ressemble pas aux autres, il est si grand et fin, il a une ride à la verticale du front, quelque chose d'inquiet et de différent, ce sont les détails dont je me souviens le soir quand je récapitule avant de m'endormir.

À la cantine, je suis sur le point de m'asseoir à sa table, mais je renonce à la dernière seconde. Je suis juste derrière lui dans la queue avec mon plateau, mais j'ai soudain trop chaud et le laisse partir devant. La douleur dans le ventre réapparaît, mais ce sont des mordillements, des attaques subites, pas totalement désagréables. Nos regards se croisent un jour que nous l'avons décidé, sans qu'aucun mot soit prononcé.

Nous allons à la patinoire, au bowling, au cinéma, puis encore à la patinoire. Nous tournons en rond sur une piste, l'un à la suite de l'autre, nous nous rapprochons parfois, nous touchant presque. Nous nous frôlons, nous aimantons, nous éloignons. Nous tenons mal sur les patins, les pas du garçon sont maladroits mais j'aime sa maladresse, ses hésitations. Il est comme une longue tige qui va se briser. Au prétexte de lui venir en aide, je lui tends enfin la main. C'est moi qui domine, dès le premier tour de piste. Je ne sais pas que mon tempo est trop rapide pour lui. J'aime accélérer pendant qu'il peine, j'aime jouer à le perdre et à le surprendre. C'est moi qui décide, des trajectoires, des pauses, de la vitesse. Pendant qu'il tente d'être à la hauteur, de tenir sur ses jambes, d'offrir une silhouette convenable.

Les cours de sciences parlent enfin du corps. Il ne s'agit plus de paramécies, d'organismes vivants microscopiques ni même de grenouilles, mais de l'homme. Il ne s'agit plus de la digestion ou de la respiration mais de la sexualité.

Le professeur en blouse blanche sur l'estrade est chargé de transmettre à trente élèves comment un spermatozoïde féconde un ovule, et ce qui se passe juste avant. Il s'agit d'un cours sur la reproduction finalement, et non pas sur la relation sexuelle. Se reproduire et faire l'amour ont un dénominateur commun, qui s'appelle la verge et le vagin. Il s'agit pour le professeur de braver la gêne des adolescents, de leur enseigner un domaine que chacun fait semblant de connaître. D'enfoncer des portes soi-disant ouvertes, de prendre le risque d'un long monologue sans être interrompu par aucune question. Nous avons tous peur de paraître idiots, alors nous prenons des notes en baissant la tête, la mine détachée. C'est la première fois qu'un adulte me parle de la contraception, dessin à l'appui, de la méthode Ogino-Knauss, qui, d'après le professeur, a repeuplé la France après la guerre. Nous nous esclaffons avec lui, admettons que nos parents sont des demeurés, lâchant un peu de la pression qui nous oppresse. Je découvre avec stupeur que le risque de grossesse n'est pas permanent, il suffit de savoir calculer la période d'ovulation.

Le garçon me raccompagne tous les soirs jusqu'à mon immeuble. Nous marchons côte à côte. Je laisse venir, je ne me dérobe pas quand, au moment de traverser la rue, il attrape ma main. C'est à présent que l'histoire commence vraiment, après tous les échanges et les conversations, après la patinoire, le bowling, le cinéma. La seule pièce possible est ma chambre, évidemment, on n'imagine pas que je vais le recevoir dans la cuisine. Ma chambre est petite, trois mètres par trois, un lit, un bureau et une armoire. Toutes les chambres de l'immeuble ont la même dimension et sans doute le même agencement. Il habite le quartier des villas et découvre un monde qu'il ne connaît pas : celui des cages d'escalier, des ascenseurs, des concierges et du chauffage par le sol. Mais la chambre suffit, la chambre est parfaite, la chambre est idéale pour que, le jeudi, jour où ma mère va acheter du tissu en ville, nous nous retrouvions à l'abri des regards. D'abord assis sur le bord du lit, puis bientôt allongés, nous nous serrons dans les bras, le corps de l'un contre le corps de l'autre, ne dépassant pas encore la limite.

Ce qui arrive après n'est pas le bout du monde, c'est juste son commencement. Ce qui se passe alors n'est le résultat d'aucune décision, d'aucune volonté. C'est la métamorphose qui opère, la lente transformation, la peau sous la peau. Nous sommes comme frère et sœur, poussons une nouvelle porte dans les souterrains du château, inquiets et impatients. Nous ne savons pas comment s'accomplit le passage, au mieux savons-nous comment se fait l'imbrication. Nous comptons l'un sur l'autre pour nous laisser guider, ce qui donne quelque chose d'approximatif, un geste un peu bâclé, plutôt une esquisse. Des vêtements à peine écartés, des ventres et des reins maladroitement caressés. Des intentions plus que des actes. On donne, on offre, on laisse à l'autre le soin de prendre, de saisir, de posséder. Mais l'autre est dans le trouble de la conquête, avec le trop-plein de lumière qui éclaire la chambre. Il est difficile d'accéder au secret en plein jour. Alors les yeux se ferment, les doigts s'agrippent et les cuisses s'extraient des pantalons. Il cherche, soulève, accélère. Je veux bien, veux tout, ne résiste pas. Je sais que je cours un risque. Je repense au professeur de sciences. Je calcule les dates, les jours, les probabilités pendant qu'il se pose sans doute la question. Si je ne dis rien c'est sûrement que je sais. S'il ne dit rien c'est forcément qu'il sait comment on évite cela. Les probabilités ne sont pas bonnes mais je ne peux pas reculer, il aurait fallu réagir au tout début. Mais au tout début, j'ignorais que c'était le début. Je n'aurais pas osé dire un mot. Je pense qu'une force supérieure me protégera. Rien n'arrivera la première fois. Il pense que les hanches de la fille sont le meilleur des arguments, toute cette douceur, impossible de renoncer. Il n'est plus dans l'innocence de l'exploration. Il est au comble du désir et ni la lumière, ni le petit frère derrière la porte, ni l'imminence du retour de la mère ne pourront le détourner de son incroyable destin. C'est à genoux derrière elle, les mains agrippées à sa poitrine, qu'il éprouve le frisson radical. C'est à genoux devant lui qu'elle ne ressent rien si ce n'est l'impression d'une petite inondation contre sa cuisse et la certitude que son amour a grandi soudain.

Nous nous retrouvons chaque semaine dans la chambre, ce qui nous laisse quelques heures pour comprendre ce qui n'a pas fonctionné la première fois. Nous avons envie d'apprendre, nous voulons bien tout savoir de cette matière qu'on n'enseigne pas. Nous possédons l'essentiel, deux corps consentants. Mais il nous manque l'essentiel, deux corps libérés de la crainte de procréer. La chose, dans l'absolu, n'est pas compliquée. Je pense qu'il devrait acheter des préservatifs. Il pense que je devrais prendre la pilule. C'est la première fois qu'une gêne s'installe entre nous, nous sommes à l'époque d'avant le sida, d'avant les strings et les sites pornographiques, une époque où les parents ne divorcent presque pas, une époque où on ne va pas chez le psychologue, on ne sait pas que ça existe, on reste recroquevillé le soir sur ses maux de ventre, on ne sait pas faire la différence entre une crise de foie et une crise d'angoisse, on ne va pas chez le dermatologue ni chez le gynécologue, le médecin de famille a réponse à tout. C'est une époque où règne toujours le silence, où un garçon et une fille ne savent pas parler de cela.

Mes seins me font mal, je les touche plusieurs fois dans la journée. Je les trouve chauds et plus volumineux, puis je décrète qu'ils sont tout à fait normaux, c'est le fruit de mon imagination. Je les évalue le soir devant le miroir de ma chambre, j'essaie d'oublier. Je compte les jours. Trente-deux, rien de grave encore. Je m'endors tranquillement. Je vérifie toutes les heures, j'espère que le sang coulera, entre chaque cours, avant et après la cantine, je vérifie à chaque instant. Je reprends le calendrier, compte une fois de plus. Trente-trois jours. Je reviens en arrière, me remémore les moments passés avec le garçon. C'est impossible, j'en suis presque sûre, à moins qu'un paramètre essentiel ne m'échappe. Je n'ose pas demander à Héléna. Je reprends confiance, j'arrête d'avoir peur. Le lendemain, rien n'arrive. Je ne dis rien au garçon. Trente-cinq jours. Je ne crois plus à un simple retard, à moins qu'il ne s'agisse de la peur, justement. J'ai entendu dire que le cycle se modifie pour une contrariété, un choc, une angoisse. J'ai lu que certaines femmes, pendant la guerre, n'avaient plus leurs règles, cela s'appelle une aménorrhée. C'est un cercle vicieux, plus la peur augmente, plus les règles tardent, et donc plus la peur augmente. Je prie le soir dans mon lit. Pour la première fois, mon corps devient un ennemi, un étranger que je ne contrôle plus. Le lendemain, je suis dans l'autobus, j'ai chaud, puis j'ai des nausées. Je descends précipitamment deux arrêts avant le mien, me détourne contre un arbre et vomis dans un spasme impressionnant. Trente-sept jours. Il ne sert à rien d'attendre à présent.

Je prends rendez-vous avec un médecin qui n'est pas celui de la famille, dans une tour à l'entrée de la cité. Il me trouve un utérus « qui pourrait révéler une grossesse ». Je précise que je ne veux pas « le » garder d'une voix si fluette qu'il n'entend pas. Je dois répéter et la véritable épreuve commence. Il rédige un mot pour un « confrère en ville » qu'il me tend dans une enveloppe cachetée, et me prescrit une prise de sang. Il encaisse le prix de la consultation, les billets et les pièces que je pose sur le bureau. Je mets la feuille de Sécurité sociale dans ma poche, mais personne ne me la remboursera jamais. Quand j'ai le résultat des analyses, je pense au garçon qui ne se doute de rien, à mes parents à qui il est inconcevable de parler, au monde qui bascule soudain. Je pense à moi, je me regarde différemment, ne sais pas comment j'en suis arrivée là, je vais passer dans la catégorie des filles qui tombent enceintes, ce qui correspond au degré le plus bas des catégories de filles. Des adultes vont me juger, me regarder comme une fille facile, une fille de banlieue, une victime peut-être, sans morale et sans éducation.

Le confrère est formel, la grossesse remonte à six semaines. L'avortement se fera par aspiration. Je dois réunir huit cents francs et fournir l'autorisation signée par une personne majeure. Je manque une demi-journée de cours pour me rendre à la consultation à l'hôpital. Une dame, attentive et distante à la fois, me demande les raisons pour lesquelles je ne souhaite pas garder l'enfant. J'entends le mot « enfant » et réalise qu'enceinte et enfant ont quelque chose en commun. Pour l'instant, je veux me débarrasser d'un état, pas d'un enfant. Je voudrais juste revenir à l'état précédent, ne pas imaginer l'état suivant. Je ne veux pas dire qu'il s'agit d'un accident, je n'ose pas préciser que c'était la première fois, j'imagine que la dame va rire, que toutes les filles doivent déclarer que c'est la première fois. J'essaie d'être calme, claire, courageuse, je veux montrer l'image d'une fille raisonnable, lucide, qui n'est pas celle qu'on croit. Il me reste quarante-huit heures pour fournir l'autorisation. La dame m'écoute, ne cherche ni à me dissuader, ni à me convaincre, ni à me rassurer, ni à me culpabiliser, elle me prescrit simplement une pilule à avaler une fois par jour, pour après. J'aurais bien parlé plus longuement avec la dame, premier adulte qui considère qu'à mon âge je peux avoir une histoire d'amour, qui reconnaît que l'amour c'est aussi faire l'amour, comme si cette évidence était la pire des révélations.

Entre la cause et la conséquence, il y a un fossé qu'aucune génération ne comprend, entre l'étreinte, rapide ou non, amoureuse ou non, consentie ou pas, et un fœtus qui grandit, avec des bras, des jambes et un cœur qui bat, et bientôt un regard et très vite la parole, il y a un abîme que personne n'a jamais mesuré, une distance qu'aucun être humain n'est capable de sonder. C'est trop grand pour une jeune fille, et plus grand encore pour un jeune homme qui restera, quoi qu'il arrive, hors du cercle de feu. C'est cette réalité qu'il faut oser dénoncer aux parents, dire en toute innocence qu'on n'imaginait pas qu'un acte aussi modeste avait des résonances aussi spectaculaires. Je dois à présent annoncer l'embarrassante nouvelle, la pire des choses à révéler aux parents. Lui n'a rien à annoncer à personne, ce qui paraît injuste et même assez frustrant. Son corps ne porte aucune trace. Il n'a rien de particulier à accomplir, ni visite, ni entretien, il peut seulement être là quand j'ai besoin de lui, donner ce qui lui reste de l'argent gagné aux vendanges. Il ne sait pas comment trouver sa place, il semble désolé, sceptique et coupable. Il garde son humour. Il fait remarquer que, dans l'intervalle, ils peuvent faire l'amour sans courir aucun risque.

Le corps pleure, secoué de spasmes, les nerfs craquent, la carcasse s'affaisse d'un coup. Ça ne dure pas longtemps, le temps de dire à la mère que ça ne va pas, le temps d'oser s'écrouler, laisser les bras dégringoler le long du buste, la colonne plier, les cheveux se coller sur les tempes poissées par les larmes. Après c'est la jeune fille bien sous tous rapports qui se la jouait déjà femme, indépendante, légèrement arrogante, fière et vive, qui se cache le visage à cause de la honte, qui s'incline devant l'adulte qu'est sa mère, maudit l'adulte qu'est sa mère parce qu'elle va avoir raison, va invoquer la confiance et la maturité. Alors le corps accuse le coup, se ratatine, se soumet, voudrait disparaître, voudrait bien être battu pour une fois, voudrait tout, sauf le mépris. Elle sanglote mais la mère ne sait toujours pas pourquoi. Cela ressemble à un chagrin. Et là où la mère devrait rejouer sa phrase, là où elle devrait risquer : « Tu n'as pas fait de bêtise, au moins ? » elle demeure muette, elle garde pour elle la phrase terrible. Ce qui suit est sans doute le plus délicat, ce qui arrive ensuite est un geste, celui de la mère qui écarte les cheveux de devant le visage inondé et esquisse une caresse contre la joue, geste perdu en chemin, si hésitant et si fragile qu'au lieu de s'annuler

il compte double, il compte comme l'impossibilité de dire, d'agir, il compte comme la peur qui
arrête, la peur qu'éprouve une mère devant son
enfant souffrant, devant son enfant qui vit sa vie
propre et solitaire, qu'elle n'a vue ni grandir, ni
s'éloigner, ni même se débattre, qu'elle tente de
retenir, de regarder aussi en improvisant ce geste
impuissant.

Mon père prononce parfois cette phrase quand
il parle de son travail à mon oncle : « Faites ce
que vous voulez mais ayez l'intelligence de ne
pas vous faire prendre ! »

Je remets l'enveloppe contenant l'argent et l'autorisation signée. Une dame en blouse blanche
m'informe que cela durera quelques minutes,
que la douleur sera supportable, que j'irai me
reposer ensuite sur un lit avant de quitter l'éta-
blissement. Elle ajoute qu'il me faudra bien respirer, par la bouche, respirer fort. Elle demande
si j'ai des questions. Pas de questions. C'est un
homme qui me prie d'entrer, de me déshabiller,
de m'allonger, de mettre les pieds sur les étriers.
C'est un médecin dont je ne garderai pas le visage
en mémoire, ni le nom affiché sur la blouse. Je
pense que c'est bien que des médecins comme
lui acceptent de délivrer des jeunes filles comme
moi. Il s'enquiert de mon groupe sanguin et c'est
ce détail qui va m'affoler, qui va conduire mon

imagination où elle ne devrait pas aller, c'est-à-dire à la catastrophe, à l'hémorragie, à la mare de sang. Je suis allongée et ça commence, sans transition. Le médecin introduit l'outil, l'ustensile, il n'y a pas de mot, la sonde peut-être, et la douleur arrive, lente et sourde, une douleur qui gronde, qui tenaille, qui arrache, mais supportable, comme a dit la dame, une douleur qu'on oubliera, puis je comprends que cette douleur-là n'est que le premier palier, l'entrée en matière, une mise en condition en quelque sorte. Je suis entre les mains du médecin et de son assistante et il me faut franchir toutes les étapes, lentement, minute après minute, respirer comme un animal à l'agonie, respirer en plantant ses yeux dans ceux de la dame, s'accrocher à ses yeux comme à la seule planche de salut possible, le seul lien avec l'humanité. Je suis en train de payer, j'en ai la certitude, de me racheter, d'expier, je dois être ravalée à la condition d'animal, loin du garçon, loin de ma mère, loin de mon père et de mon frère qui ignorent tout de la réalité de ma matinée en ville. Je paie pour toutes les filles qui n'ont pas eu l'intelligence de ne pas se faire prendre, c'est-à-dire toutes les filles qui ont péché par excès de romantisme et d'insouciance. Je paie pour n'avoir pas compris que le corps existe, oppose sa logique technique, mécanique, implacable à la croyance magique et adolescente. C'est cet acte médical, cette aspiration de tout mon être, cette

interruption volontaire de grossesse, qui inter-
rompt aussi brutalement mon enfance.

Pendant des mois je ne tolère que des caresses
sans danger, sur la nuque, l'arête du nez. Pendant
des mois, je me contente de ce que j'ai, nie le
désir qui guette, que je ne vois pas, n'entends pas.

Nous inventons une approche nouvelle, faite
de petites touches affûtées au moindre détail.
Les doigts du garçon cherchent un contact qui
reste en surface et donc explore ce que la peau
recèle de douceur et de chaleur. Ses doigts s'at-
tardent sur les longues lignes pâles qui courent
derrière les bras, l'étrange pointe des omoplates,
la palpitation de la gorge, les creux au bas des
reins, l'arrière des genoux avec son pli presque
moelleux, la ligne de duvet blond rangée sous le
nombril, ses doigts bifurquent quand une zone
sous-entend d'autres promesses. Il faut compter
avec les vêtements qui font barrage, qui révèlent
et cachent en même temps, qui permettent des
cadrages surprenants, des tableaux à la composition baroque. Mes doigts s'entêtent à se perdre
dans les poils au bas du dos, ceux des cuisses,
inégalement répartis, noirs et un peu effrayants.
De la paume de la main, je lisse les zones plus
claires, y reviens, dessine des itinéraires parfois
compliqués, teste la résistance des abdominaux,
m'entête autour des muscles, le ventre, encore

le ventre, qui tressaille, et puis j'avance près du cou, joue avec la pomme d'Adam (la zone que je préfère), l'enfonce un peu et fais semblant de l'étrangler.

Il propose de prendre un bain en l'absence de ses parents. Je ne prends pas de bains chez moi, l'appartement n'a qu'un bac dans lequel on peut se tremper en pliant les genoux. Je dois entrer nue dans l'eau et le simple fait de me déshabiller devant lui est une épreuve spéciale, une première fois. Jusqu'à présent, les vêtements nous préservaient d'un panorama total, d'une vision d'ensemble. Et puis, enlever ses vêtements de son propre chef n'est pas comme se laisser déshabiller. C'est un geste que je n'aime pas, ôter mon pull et ma jupe, je trouve cela un peu téléphoné. Je me sens idiote de retirer moi-même ma culotte, de la plier et la déposer sur le petit meuble qui contient le linge sale. Il fait celui qui ne regarde pas, je détourne la tête pendant qu'il vient à bout des jambes de son pantalon. Je découvre ce que je ne savais pas encore. Comment il se défait de son tee-shirt, plie un bras dans le dos et penche la tête vers l'avant, comment il se débarrasse de ses chaussettes. Gênés, nous sommes contraints de rire parce que notre déshabillage, nous l'avons déjà vu au cinéma, et nous avons toujours pensé que ces scènes sonnaient faux.

L'immersion est le meilleur moment, la contraction de tous les muscles, l'effort de respiration pour supporter le chaud et le plaisir tout de suite après, la décontraction, l'abandon de toutes les fibres. Puis mon corps se place devant, dos contre ventre. Il a toujours dit qu'il en rêvait, de la fille devant, qu'on peut entourer de ses bras, qu'on peut contenir, attraper. C'est ce qu'il voulait, la fille qu'il enserre de ses jambes dans une mer d'eau brûlante. Après, la douceur prend le dessus, ce sont les caresses le long de la colonne vertébrale, jusqu'à la racine des cheveux, puis des baisers sur les épaules. Ils aimeraient tamiser la lumière. Il sait depuis le début qu'il va caresser la peau dans un mouvement onctueux, glisser le long des cuisses et espérer que ses parents ne rentrent jamais.

Lasse des explorations interrompues au plus beau moment, je propose d'utiliser l'ordonnance sur le point d'être périmée. Mes courbes s'arrondissent à nouveau et les nausées reviennent, mais là, c'est normal, ce sont les effets secondaires de la contraception. Une donnée nouvelle rythme ma vie, je dois penser à avaler la pilule chaque soir, je dois y penser, je ne pense qu'à ça. J'ai l'impression que mon corps est possédé, encombré par une présence diffuse qui se répand jusqu'au bout des membres, me colonise, m'amollit. Alors, pour compenser, je ne mange presque plus, de peur de convertir le chocolat et la pâte à crêpe

91

en graisse indélébile. Je nage dans l'œstrogène et m'endors le soir l'estomac vide.

Je découvre l'amour sans la peur. C'est presque trop beau, cet horizon qui s'ouvre, ces étendues qui se déploient. Ce n'est plus mon corps qui pose problème, mon corps invisible qui joue des tours, qui complote à l'intérieur. Il reste un dernier obstacle. Nous n'avons pas de chambre, alors nous inventons, nous faisons l'amour là où se retrouvent les couples illégitimes, dans des garages, des terrains vagues, des maisons abandonnées. Nous n'avons pas de voiture comme ma cousine Pauline. Nous faisons l'amour le plus souvent debout et habillés, ce qui est une façon particulière. Nous ne nous installons pas, ne nous endormons pas après, ne nous caressons pas comme nous en rêverions. Nous avons la chair de poule, de la terre ou de la pierre contre les reins, des fourmis qui montent le long des jambes, des canettes vides et des papiers gras à portée de main, parfois de l'herbe emplie d'insectes en guise d'oreillers. Nous allons une fois à l'hôtel et nous présentons à la réception sans bagages et un peu embarrassés. Nous nous glissons pour la première fois sous les draps d'un lit deux places. Il y a des rideaux devant les fenêtres et des ombres qui tremblent sur nos bustes. Nous perdons la notion du temps. Nous avons honte quand nous devons payer.

Je deviens une fleur qui se fane quand le garçon part au service militaire et ne rentre qu'un week-end sur quatre. Une tige totalement assoiffée. Quelque chose en moi se flétrit. Je n'ai plus de voix, plus de sang dans les veines, plus de nerfs. Quelque chose me tue. Je ne parviens pas à me lever le matin et reste enfouie sous les draps, la tête dans l'oreiller. Je ne vais pas en cours, je dissimule auprès de mes parents qui ne se rendent compte de rien. Puis il réapparaît, les cheveux rasés, les joues et le ventre progressivement arrondis par la bière, l'inaction et les tranquillisants. Je vois un garçon que je ne reconnais pas, qui se croit soumis et lâche parce qu'il n'a pas su se faire réformer. Et dont la silhouette traîne une charge nouvelle. L'énergie me gagne à nouveau, m'envahit, me submerge quand je l'attends sur le quai de la gare. Je deviens légère et verticale, tout me tire vers le ciel. Je vis cette alternance de grâce et de désespoir pendant une année.

Pourquoi est-ce que j'accepte d'endurer cela ? Il serait plus simple d'ouvrir une parenthèse et de s'amuser avec d'autres garçons. Les garçons sont là, tout autour, vivants, drôles, prometteurs. Ils s'approchent, ils bougent, ils m'invitent à les suivre, ils ont des envies et des muscles sous leurs tee-shirts, des jambes minces, des ventres plats, ils partent se baigner au bord d'un lac, ils campent aux Saintes-Maries-de-la-Mer, ils arrivent du Liban, d'Afrique, ils travaillent près de moi pendant l'été devant les casiers de tri postal. Ils passent et repassent dans mon dos, m'offrent des cafés au distributeur. Les garçons m'attirent, ils plongent depuis des ponts, des rochers escarpés, ils foncent dans leurs Coccinelle décapotables, une cigarette aux lèvres, ils sont invincibles et étourdis. Ils m'attendent après le travail, me donnent des rendez-vous au café sur la place, m'emmènent voir des films en noir et blanc. Les garçons de cet été-là adoucissent l'absence, ils parviennent à me détourner de ma mélancolie, ils me poussent dans l'eau de la piscine, ils m'entourent de leurs bras pour faire semblant de me couler, et mieux me sauver. Puis ils me regardent bizarrement, feignent de ne pas comprendre mon entêtement à leur résister, ils n'aiment pas mon silence. J'apprends à maîtriser ma soif, à organiser mon manque, à ne pas tout mélanger. J'apprends l'ascétisme et j'ai du plaisir à ne pas me laisser tenter. Les garçons ne comprennent pas, ils ne voient dans mon refus qu'un acte de fidélité un peu démodé, un romantisme d'un autre âge. Ils ne voient qu'un corps auquel ils ne peuvent pas toucher. J'aime être inaccessible, une fille que l'on désire comme on désire une image. Une fille désincarnée.

Des lettres arrivent chaque jour, qui racontent la vie à la caserne, les polochons qui pleuvent sur celui qui essaie de s'isoler, la relation absurde aux gradés, les corvées dans le froid, la vacuité des jours, les stratégies pour tuer le temps, les manœuvres qui consistent à simuler des batailles sur le terrain gelé, avec de vraies armes et de vraies munitions. Les lettres disent le choc de cette vie en exil qui doit permettre aux garçons de devenir des hommes. Vomir dans la chambrée après une cuite à la bière, mesurer collectivement la longueur de son sexe et son pouvoir d'éjaculation, demeurer debout dans la cour de la caserne par moins dix en pleine nuit, l'arme à l'épaule en attendant le signal de rompre. Les lettres disent la survie, le corps réfractaire et meurtri, l'impossible virilité, le dégoût des hommes. Je mesure à quel point fille et garçon ce n'est pas pareil.

Le garçon du centre de vacances où je fais une formation compose une chanson pour moi. Et cela recommence, l'éblouissement, le bonheur d'avoir été désignée comme la fille par qui tout arrive. Je cède aux regards, aux paroles, aux signes, non seulement je cède mais je vais au-devant, je suscite, j'encourage, je réponds présente à tous les appels. Il joue de la guitare, je chante avec lui et les soirées sont interminables dans la salle commune du château isolé près d'une forêt. Les réveils se font en musique,

Vivaldi ou Michel Polnareff, le soleil filtre entre les sapins, nous avalons de grands bols de café en nous regardant dans les yeux. Nous marchons jusqu'au lac en nous tenant la main, nous nous allongeons sur la mousse des sous-bois, nous nous serrons la nuit dans un lit une place, pendant que les autres sommeillent dans le dortoir. Nous vivons en accéléré tous les clichés de l'extase amoureuse. Seule ombre au tableau, je sais que je vais souffrir et faire souffrir, ce n'est plus comme avant, mais je parviens à profiter de ce qui m'arrive, je ne suis disponible que pour le temps présent et ferme pour l'instant les yeux sur le séisme qui s'annonce. Les jours passent et l'intensité des relations avec le garçon augmente, c'est comme si j'étais au commencement, au tout début de ma vie autonome, treize ans, quatorze ans, quinze ans retrouvés, étonnée de tout ce qui m'est donné. Refuser est une hypothèse qui ne me traverse pas, je prends, je prends tout, l'amour, la fulgurance et aussi le plaisir. Mais le mot ne convient pas, le mot est étriqué pour dire ce qui se passe les deux dernières nuits, le mot est déplacé. Disons que le garçon, qui a dix ans de plus que moi, las du dortoir partagé, imagine un destin plus vaste pour notre étreinte. Il m'entraîne au rez-de-chaussée, sur la grande banquette de la salle commune, là où la cheminée brûlait encore il y a deux heures, là où le petit déjeuner sera servi bientôt. C'est dans cette pièce immense, aux volets ouverts sur une nuit claire, alors que quelqu'un pourrait nous surprendre, c'est parmi les ombres des sapins qui valsent sur le parquet et dans le léger sifflement du vent que mon corps accède à une dimension inconnue. Je ne sais pas dire si cela se passe dans le corps ou dans la tête, c'est comme si les deux étaient tressés serré.

Le garçon finit par rentrer de l'armée. Il ne dit pas : « C'est la quille, bordel », il ne tombe pas dans la folle démesure de ceux qui fêtent leur libération en criant « Zéro ! », titubant sur les trottoirs des villes. Il descend du train pour la dernière fois, soulagé, et nul ne sait si c'est un homme désormais.

Il se lève chaque matin à cinq heures pour se rendre dans les usines du bord du Rhône. Il achète une moto pour que le trajet soit moins pénible. Il fait de l'embouteillage pour Coca-Cola, du travail à la chaîne pour Boiron, du conditionnement à l'usine de feux d'artifice.

Je me lève chaque matin à quatre heures quarante pour me rendre au centre de tri. Je me tiens debout devant un casier, je m'interromps à huit heures pour une pause. À partir de la pause, et après avoir bu un café, le sommeil se dissipe.

Il pousse sa moto à pied une fois arrivé au niveau du grand portail. Il glisse sa carte dans la pointeuse et attend la sonnerie avant de se laver les mains. Il demande pour aller aux toilettes, il n'a pas le droit de s'asseoir.

Je descends du bus au terminus et marche encore quinze minutes avant de rejoindre le centre de tri. Je range mon sac dans un vestiaire dont je garde la clé et attends de savoir dans quelle brigade je suis affectée. Je peux aller aux toilettes quand je veux, je peux m'asseoir sur un tabouret amovible pour travailler. Mais la tension du dos n'est pas naturelle et la nuque fait mal. J'alterne les moments debout et assise.

Il sait : coller des étiquettes, relever une bouteille tombée sur le tapis roulant, mettre de côté une bouteille défectueuse, placer des pipettes tête-bêche, fermer un carton. Autant dire qu'il est en alerte permanente.

Je sais : reconnaître les différents départements français et faire glisser l'enveloppe directement dans la case, d'une légère impulsion du pouce droit. De la main gauche, je maintiens le petit tas de lettres, que je présélectionne au bon moment. J'aime la vitesse du geste, je trie de plus en plus vite et deviens virtuose.

Il sait : faire fonctionner la main droite pour une tâche différente de la main gauche. Par exemple visser un bouchon d'un côté et relever une mèche mal assemblée de l'autre. Il sait actionner ses jambes en même temps que ses bras. Par exemple ralentir ou accélérer la cadence en appuyant sur la pédale. Il sait se gratter la joue sans interrompre le mouvement, en se frottant la tête contre l'épaule.

Je sais : réduire au minimum le temps entre la lecture du code postal et le geste de trier. Je deviens courroie de transmission, mon action n'est déclenchée que par la lecture d'un chiffre. Je retarde le moment de prendre un paquet de cartes postales parce que je serais tentée de les lire. C'est fou comme les gens sont satisfaits de leurs vacances. Et leurs vacances tellement répétitives.

Il rentre entre quatre et cinq heures de l'après-midi, monte sur la moto et roule très vite sur la nationale pour se défaire du bruit de la chaîne de montage. Il s'endort parfois aussitôt arrivé.

Je rentre vers treize heures, parfois je mange à la cantine. Je m'endors dans l'autobus.

La nuit, il rêve qu'il fait mille fois le même geste, debout devant la chaîne, il tend les bras, redresse les bouteilles, mais curieusement le bruit n'est pas là, son travail est plus doux. Il ne sent pas son dos qui lui fait mal, il est seulement réveillé par des crampes aux mollets.

Je rêve que je suis trop petite pour atteindre les casiers, je grimpe sur une échelle qui ne s'arrête jamais. Je rêve que je travaille à la brigade des paquets et que je dois porter des sacs postaux qui se vident au fur et à mesure. Je ne sens pas mon dos qui me fait mal, je suis seulement réveillée par des crampes aux mollets.

3

Nous emménageons dans notre premier appartement, sur un quai bruyant du centre-ville. Nous posons un matelas à même le sol, installons une chaîne stéréo et arrosons une plante. C'est dans ces trente mètres carrés, entre le frigo et les plaques chauffantes, entre la douche et le lavabo, que nous allons devenir un couple, c'est-à-dire occuper les mêmes lieux, dormir à deux, faire cohabiter nos objets sur les mêmes étagères, jeter notre linge sale dans la même corbeille. Partager l'espace, jouer des coudes, ranger, déplacer, contourner.

Le garçon quitte ses chaussures dans l'entrée et parfois non. C'est moi qui fais les courses et parfois non. Nous prenons notre bain ensemble. C'est lui qui pose les étagères et change les ampoules qui ont claqué. C'est lui qui fait la vaisselle mais parfois non. C'est moi qui range et lui qui dérange. C'est lui qui fait du café et moi qui jette le filtre. C'est lui qui fume et moi qui vide les cendriers. C'est lui qui fait le lit mais parfois non. C'est lui qui met l'essence dans la moto et qui répare le radiateur en panne. C'est moi qui vide la poubelle de la salle de bains, et lui qui descend la poubelle de la cuisine. C'est lui qui ouvre le tube de dentifrice et moi qui le referme. C'est moi qui nettoie la baignoire et lui qui passe l'aspirateur. C'est moi qui secoue le tapis de la salle de bains. Nous changeons la housse de couette ensemble. C'est la vie domestique partagée, répétitive, nécessaire, pour l'instant légère et invisible. C'est la vie domestique qui se tisse à la vie amoureuse, ce sont les rires exagérés quand surviennent les petites catastrophes, quand le pain grillé se change en pain brûlé.

Nous sommes deux ombres chinoises qui bougent les bras, s'agitent, se penchent, s'asseyent, se lèvent, à la façon de personnages animés. Nos gestes nous définissent, dessinent un halo autour de nos silhouettes, une zone vibrante remplie d'ondes électriques. Nous sommes aimantés l'un à l'autre, dépendants, complémentaires. Un genre de duo parfois burlesque, dont les corps maladroits s'emboîtent, s'évitent, s'ignorent, s'imbriquent. C'est l'obsession de l'autre, la fusion, la contamination, l'intégration de l'autre en soi.

Manger ensemble est une joie et une révélation. Le garçon a plus faim que moi, il pense parfois avec son estomac. Qui réclame de la viande rouge et de la bière. Du lait des œufs des céréales des bananes du saucisson. Tout ce que j'essaie d'éviter, parce que je pense avec mon corps tout entier. Rester mince, manger équilibré. La fille affamée c'est tout un art de vivre, une frustration et une posture. Je refuse la boîte de raviolis pour dépanner et le demi-camembert pour simplifier. Je suis d'un compliqué. Lui a une curieuse manière de saucer le plat. Une étrange façon d'engloutir de gros morceaux, sans couper ni trancher, si bien qu'il fait avec la bouche des mouvements contestables. Et puis il ne mange que la mie du pain comme les enfants. Je jette à la poubelle les bracelets de croûte quand je débarrasse.

La première machine à laver est donnée par une amie de mes parents. Modèle ancien, chargement par le haut, plaque de béton sous le tambour. Quand elle essore, le garçon s'assied dessus pour qu'elle ne traverse pas la cuisine et ne fasse pas irruption dans le salon. Il vaudrait mieux installer la machine à laver dans la salle de bains, mais il n'y a pas la place. Nous attendons d'avoir fini le repas pour la mettre en route, et puis nous oublions. Au moment de nous coucher, quand la fatigue est à son comble et qu'il faut encore se brosser les dents, au moment où nous nous glissons sous les draps, exténués, je crie soudain, contrariée : « La machine à étendre ! »

Je travaille comme préparatrice de commandes en parfumerie. Je crois que le mot parfumerie me réservera une tâche gracieuse, et je me réjouis de ne plus me lever à quatre heures. Je comprends que je passerai la journée dans un entrepôt étouffant l'été, glacial l'hiver, sous des sheds vitrés. Je n'aime pas me plaindre. Je comprends aussi que je devrai rester debout, même lorsque je serai en avance sur le timing. Mais, contrairement à ce que m'a dit ma chef, je ne suis jamais en avance. Quand j'ai fini une commande, quand j'ai réussi à localiser chacune des références dont les plus courantes désignent des limes à ongles ou des bigoudis en mousse, je dois attendre qu'une place se libère sur la chaîne pour y poser mon carton, sans bousculer mes collègues, qui se pressent pour « prendre le mouvement ». La blouse de nylon bleu clair est obligatoire, alors que les filles des bureaux portent leurs vêtements de ville, bottes et jupes serrées le plus souvent. Les filles des bureaux traversent la coursive au-dessus de nos têtes et je sens comme ma blouse me soumet. Je deviens invisible et interchangeable. Ma chef interdit qu'on s'asseye. Alors je le fais en cachette, quand mes jambes ne me portent plus, quand je ne supporte plus de basculer le poids de mon corps d'un pied sur l'autre. Je repère la pile de cartons sur laquelle je peux me hisser en vitesse, je me frictionne les mollets pour que le sang circule malgré tout, j'incline mon dos vers l'avant pour étirer mes reins meurtris. Puis, ni vue ni connue (et espérons, ni dénoncée), je saute sur le sol et me dirige vers le tapis roulant où arrivent les commandes. Le soir, dans l'autobus, je constate que mes jambes ont gonflé. Je ne veux pas que le garçon me voie avec ces jambes-là. Je les repose contre le mur une fois rentrée, je les passe sous l'eau froide. Je me sens déformée, possédée par une présence mauvaise, contre laquelle je ne sais pas lutter. Le travail modifie ma ligne naturelle, force en moi, s'installe sournoisement. Je ne veux plus montrer mes jambes, frappées du sceau du règlement abusif, alors je me mets à porter des pantalons, qui camouflent le mal et me permettent de résister sans que personne en sache rien. Personne sauf moi.

Pour monter sur la moto, il faut être en pantalon. Vêtements pratiques et épais, cheveux aplatis sous le casque. Rien de raffiné. La moto fait partie de notre vie. J'achète des gants et une combinaison de pluie. Je deviens passagère, c'est-à-dire que je me laisse emporter, je me laisse prendre et surprendre. Ce n'est pas moi qui décide.

Ce jour-là, les filles veulent annuler la balade, à cause de la pluie persistante, mais les garçons se moquent. Ils en ont vu d'autres, des chaussées détrempées, du verglas, et ramper dans la boue pour ceux qui ont fait l'armée. Quatre motos à la suite prennent la nationale. Rouler est pénible, l'eau jaillit autour de nous, s'abat sur nos cuisses plastifiées, sur la visière de nos casques. Nous n'éprouvons aucun plaisir, l'humidité maintient la température assez bas et, immobile sur la selle, je commence à frissonner. Je me dissocie, je m'extrais dans une pensée qui m'ôte tout enthousiasme. Je pèse un poids de mort à l'arrière de la moto, je ne suis plus qu'un paquet. La pluie ne s'arrête pas. Les garçons sont excités par l'ascension du col. Ils vont enfin pouvoir piloter. Ils vont pouvoir doser les gaz, rétrograder en faisant hurler le moteur, ils vont pouvoir répondre aux palpitations de la machine et s'épater les uns les autres, désigner qui sera le plus téméraire, le plus fou. La montée en lacets est le clou de la journée, sur une vingtaine de kilomètres. Je suis collée derrière le garçon, une main agrippée autour de sa taille, et je regarde la route par-dessus son épaule gauche, je ne perçois rien que les gerbes d'eau à la suite de la moto de devant, et, enveloppée dans mon écharpe, je respire tout de même les gaz d'échappement, dont l'odeur m'est familière. Nos vêtements et nos chevelures en sont irrémédiablement imprégnés. C'est notre marque de fabrique, notre griffe. Les virages se succèdent, réguliers et serrés, et je m'inscris dans le mouvement. Il n'y a rien à accomplir si ce n'est faire corps avec le pilote, n'opposer aucune résistance, c'est la règle première, se faire oublier, devenir léger et conciliant. Ne pas avoir peur d'accompagner la moto quand elle s'incline près du sol, s'en remettre aux différentes lois physiques qui font qu'un angle à quarante-cinq degrés n'est pas une anomalie pour peu que la vitesse soit suffisamment élevée. Je sais cela, intuitivement, aussi je penche (et non pas «je me penche») et j'éprouve du plaisir. Je comprends pourquoi le garçon aime mettre en jeu son centre de gravité dans des conditions de plus en plus osées, je mesure à quel point il aime repousser ses limites. S'en remettre à lui les yeux fermés est une façon de lui parler, l'un des langages particuliers que nous pratiquons. Nous sommes dans le rythme, la suite de lacets est presque enivrante, bientôt une litanie.

Après c'est une fraction de seconde, une étincelle contre le bitume, une explosion des points cardinaux, puis un vacarme accompagnant la chute. Un long raclement, des sapins dans le ciel et la tête sous l'eau dans un jaillissement de bulles. Puis plus rien, seulement le silence et la route mouillée sous les os.

Je suis allongée sur le dos et des silhouettes se succèdent dans mon champ de vision, je n'ai pas mal, je suis calme, je ne sais plus rien. Je perçois des voix qui ne s'adressent pas à moi, je reconnais des mots, mais tout s'évanouit dans une profondeur ouatée. Je flotte et je suis bien, juste avant d'avoir froid. Le garçon veut faire sortir des sons de ma bouche. Il demande si je le reconnais, si je sais où nous sommes. Il veut savoir si je peux bouger, le bras droit, le bras gauche, les jambes. Il demande si je peux tourner la tête mais quelqu'un dit que non on ne touche pas à la tête, il ne faut pas enlever le casque. Je suis loin, ma tête est encombrée. Tout le monde est autour de moi, je voudrais une couverture, je tremble. Je suis tirée par une force invisible, qui m'emmène ailleurs. Et c'est là-bas que j'ai envie d'aller, me perdre dans cette forêt profonde qui n'appelle aucun effort. Je fais cette expérience sans rien comprendre, sans rien savoir. J'avance dans le tunnel sans crainte, pourtant je meurs ?

Je devine le gyrophare, puis la voix d'un pompier, calme et directive. Il crie, je ne dois pas m'endormir, je dois rester avec lui, de ce côté, c'est un ordre, c'est une formule puissante qui me maintient éveillée. Les pompiers bougent autour de moi, ils sont forts et indispensables, ils connaissent les gestes, ils sauvent ceux qui roulent trop vite sur des routes mouillées. Puis ils m'ôtent le casque et me soulèvent à plusieurs. C'est la première fois que je suis au centre d'un cercle aussi prévenant, la première fois que des hommes s'inclinent sur moi avec autant de délicatesse. Je suis une princesse en combinaison de pluie que plusieurs paires de bras vont transporter puis réchauffer. Nous roulons au ralenti, je suis comme dans mon lit, au creux de draps bien secs, avec mes nounours, mais le pompier me rappelle que je dois réintégrer le monde réel, il me secoue.

L'arrivée au CHU est un comble d'harmonie, c'est ce que je perçois depuis ma position horizontale et ma conscience abîmée. Rien ne me heurte, rien ne m'inquiète ni ne grince, je n'éprouve aucune sensation désagréable, protégée par un bourdonnement onctueux. Mais à peine installée sur un brancard, un froid violent me saisit à nouveau. Je comprends ce qu'est le froid, il crève ma bulle, broie mes membres, brûle ma peau, et tout mon corps vibre de mauvaises ondes. Face aux questions posées en vue de remplir le dossier d'admission, je donne, contre toute attente, mon numéro de Sécurité sociale. Les quinze chiffres dans l'ordre, en un seul élan. Stockés ailleurs, probablement, que dans la mémoire, comme incrustés dans les gènes. Une chambre m'est attribuée, que je partage avec une dame qui pourrait être ma mère. Et justement, en parlant de ma mère, il faudrait avertir les parents. Là quelque chose bouge sous mon crâne.

Une infirmière m'aide à me déshabiller et je retrouve la position assise, puis debout, enfin, sans trop vaciller. J'enfile une camisole de coton blanc. Je n'ai d'autres chaussures que mes bottes de moto. C'est ainsi vêtue que, quelques heures plus tard, après avoir subi fond de l'œil et radios, je marche, cramponnée au bras du garçon dans les couloirs de l'hôpital.

Nous nous installons près du distributeur comme deux vieillards penchés sur leur peine, et c'est en buvant un chocolat que me revient le goût du cacao, puis le distributeur de boissons de l'usine, et, premier choc, les montagnes de bigoudis de mousse multicolores en attente sur des chariots. Après, c'est une plage plus ample qui apparaît, la maison que mes parents viennent de faire construire, la laine de verre que j'ai posée sous les combles avec mon père, les particules de verre qui s'immiscent sous l'épiderme, les douches inefficaces. Lambeau par lambeau, ma géographie intime se réagence. Je reprends le fil de mon existence et mon corps se branche à mon cerveau, retrouve de la vigueur. Je ne suis plus une masse de chair qui avance dans le couloir, dissociée, vidée de tout sens. Mes membres cessent de flotter et amorcent une direction. Je sais à nouveau qui je suis et où je dois aller.

J'apprends l'anglais après le travail, et aussi la dactylo. Apprendre m'épuise et me sature. Je dois retenir des tournures de phrases anglaises, de la grammaire, de la linguistique, contracter les tissus du cerveau pour capter l'information, la garder, la stocker au bon endroit, la restituer au bon moment. Comment fonctionne le cerveau ? Comment agir sur cette zone opaque pour qu'elle turbine à bon escient ? Il paraît que la mémoire est un muscle, qu'il faut entraîner, mettre à l'épreuve. C'est mental mais c'est physique. Ce qui est physique est aussi dans la tête. J'ai l'impression que la mémoire est un organe, c'est assez dégoûtant. Au final, du sang, du nerf, de la matière visqueuse plus ou moins translucide, tachée de caillots et de grains, des glaires torsadées ou tressées comme des circuits électriques, des ramifications liquides condensées sous la gélatine, des paillettes de poudre aspirées dans de drôles de tranchées. Le tout imbibé de fromage blanc comme on entend dire, petit-lait dans la tête, crème fouettée, boue et sauce aigre-douce, magma en fusion. Je patauge quand j'apprends, j'erre souvent dans un marécage. Je bouge les jambes sous la chaise, je dois libérer mes tempes brûlantes avec de l'aspirine. Je dois éconduire la migraine qui me gagne. Je divague, je pense à autre chose. Le visage du garçon apparaît dans mon champ de vision quand j'apprends. Il se superpose, m'obsède, me monopolise. Son regard, la fossette qu'il a entre les deux yeux, pli étrange, comme un glissement de terrain, qui lui donne un air grave, la noirceur au fond de l'œil. Puis, quand j'accepte de me laisser capter, le visage disparaît, soudain évanoui et lointain.

Je me demande à quoi tient le désir, pourquoi le corps tressaille, pourquoi le ventre se creuse quand l'autre apparaît. À quoi tient cette fascination, cette façon de changer chaque détail du corps de l'autre, chacune de ses paroles, chacune de ses attitudes en une exception ? Pourquoi tout en l'autre est événement, étonnement ? La voix surtout, le grain unique, la façon de composer les phrases, les intonations, les silences, les sous-entendus. Pourquoi, une fois que l'amour aura passé, s'il passe, les mêmes gestes, la même démarche deviendront invisibles voire insupportables ?

Nous restons à la maison des journées entières. Nous mangeons au lit, nous dormons, nous faisons l'amour, nous buvons du café assis sur le matelas, nous ne nous habillons pas, nous ne nous lavons pas. Nous sommes collés l'un à l'autre, aimantés. Nous nous enlaçons, nous dévorons, nous absorbons. Nous nous battons, nous nous caressons, nous jouons. Puis, une fois la nuit avancée, nous n'y tenons plus, après vingt-quatre heures passées sous les draps, nous avons besoin de bouger, de faire fonctionner nos jambes, de respirer l'air du dehors. Nous enfilons un jogging sur nos corps pas douchés, nous descendons l'escalier à toute allure et nous courons sur les trottoirs le long du fleuve, avec de la musique dans la tête, des paroles que nous crions, des mouvements désordonnés. Puis nous rentrons, les muscles déchargés de leur électricité, et nous nous glissons l'un contre l'autre, totalement épuisés.

Nous écoutons de la musique le soir dans l'appartement. C'est le garçon qui choisit, qui achète les disques, qui me fait remarquer : la rythmique, la ligne de basse, les petites astuces de la caisse claire. Il monte le son, il comble l'atmosphère d'accords de guitare, de boucles de synthétiseur, il nous plonge dans un bain permanent, qui m'habite et parfois m'agresse. Je dis qu'il faudrait une pièce supplémentaire, pour échapper aux pulsations, pour que mon corps ne soit pas soumis aux vibrations qui envahissent tout, et crispent parfois les voisins. Nous vivons avec les oreilles remplies, la tête gavée, saturée de voix mélancoliques et répétitives, des voix plaintives parfois, éthérées ou viriles. Nous essuyons la table, avec les épaules qui bougent, les hanches qui balancent, la plante des pieds qui martèle le parquet. Le garçon fait des moulinets avec les bras, s'empare d'un micro fictif, mime le grand écart de James Brown, plaque des riffs façon Keith Richards sur le manche à balai.

C'est au concert que la musique nous atteint et se change lentement en drogue. C'est là que j'apprends mon corps comme une caisse de résonance, une enveloppe dans laquelle le son dilate et rétracte les membranes. C'est dans la nuit et la lumière artificielle, les éclairages de scène plus ou moins sophistiqués, la fumée qui nimbe les silhouettes mal définies, que je suis traversée par la matité des graves et que ma cage thoracique est secouée d'ondes qui font écho à la puissance sexuelle. Tout est relief dans la salle de concert, nous sommes debout les uns contre les autres, connectés par les nappes qui se superposent, sourdes ou distordues, et je m'imprègne de la présence des autres, leurs corps pressants, haletants, tendus vers l'unique vision de ce qui arrive sur scène, je respire la sueur des autres, je ne crains pas le contact trop direct, la pression contre ma poitrine, les pieds écrasés. La musique rock s'écoute debout, ensemble, à saturation, dans l'inconfort le plus total et une nervosité palpable.

Une fois rentrés à la maison, nous sommes sourds et devons répéter nos phrases plusieurs fois. Nous flottons dans un univers ouaté d'où n'émerge aucune aspérité. Nous nous couchons avec l'impression de porter un casque sur la tête, et ça bourdonne dans l'oreiller, ça tape contre les tympans. Quelque chose a eu lieu, nous a portés à la limite, et nous en ressortons hagards, sonnés.

Nous écoutons la musique de plus en plus fort, portons des vêtements souvent ridicules, des coupes de cheveux osées. Nous avons besoin de nous reconnaître, de nous mettre à l'épreuve. L'un est le miroir de l'autre, nous avançons ensemble dans une direction que nous expérimentons à tâtons. Nous devenons témoins, alliés, complices. Nous sommes d'indispensables guetteurs. C'est une année décisive qui nous attend, où tout doit être joué : la liberté, le voyage, l'indépendance. C'est à Londres que nous éprouverons le frisson, là qu'il nous faut marcher, arpenter les rues, les quais, les ponts, les parcs, le quartier de Chelsea. C'est à Londres que notre corps se déploie, s'autorise à porter des blousons de cuir rouge, des pantalons écossais, des bas troués, des chaussures pointues, des bérets en poil de chat, des badges aux slogans hideux, des gants résille, des écharpes pied-de-poule. C'est à Londres que nous découvrons les boutiques Vivienne Westwood sans rien y acheter, nous contentant de trouver aux puces de Portobello ce qui manque à notre garde-robe. Tout nous séduit chez les Anglais désinvoltes et provocateurs, nous avons la sensation d'être au cœur du monde. Nous nous donnons un but chaque jour, prétexte à revisiter chacun de nos fantasmes. La musique rock est l'épine dorsale de notre parcours et les pochettes de disques distillent des images que nous tentons de réinventer. Attitudes, démarche, tout est mis en scène, jusqu'à notre voix que nous essayons d'adapter à la langue anglaise, qui nous résiste et nous éconduit.

Je laisse pousser mes ongles pour avoir le plaisir d'y appliquer un vernis voyant. J'ai découvert à Londres les ongles dorés, fuchsia, noirs, pailletés. Ce détail m'intéresse, qui n'en est pas un. Entre l'ongle et la griffe je ne comprends pas la différence. C'est un organe qui continue d'exister alors que l'homme n'immobilise pas sa proie, ne déchiquette pas de petits animaux maintenus sous ses paumes, ne gratte pas la terre à la recherche de racines ou de vers. Les ongles ne sont bons qu'à être coupés, limés, et vernis. On peut même y appliquer des décalcomanies.

Le garçon utilise le coupe-ongles. Ce bruit métallique m'agace, répété derrière la porte de la salle de bains. Je sais comment il opère, assis sur le rebord de la baignoire, ses longues jambes repliées sous lui, le geste calme et appliqué. Avant ma vie avec le garçon, je ne connaissais pas cet ustensile – pourtant emballé lors de mon travail en parfumerie. J'en observe le fonctionnement judicieux, suis épatée par la bascule qui s'opère quand on presse le levier. Mais le tranchant des mâchoires me fait froid dans le dos. J'imagine un coupe-ongles géant, qui servirait à couper la tête des condamnés à mort. Je préfère la paire de ciseaux, moins radicale dans sa vocation, qui glisse plus qu'elle ne claque. Affaire d'éducation.

Nous ne fumons pas de haschisch. Il donne des nausées au garçon, et moi cela m'endort. Nous n'aimons pas partager des soirées avec ceux qui fument, allongés sur des coussins, les paupières mi-closes. Nous n'aimons pas la mollesse, la fatigue, la dépendance. Il nous arrive tout de même de nous joindre au groupe, pour ne pas être exclus et rabat-joie. Nous regardons la télévision sans mettre le son, et nous rions devant les images, incapables de nous arrêter. Nous rions d'un rire exagéré et communicatif. Nous rions et sommes réellement transportés. Puis, une fois les rires taris, c'est comme si nous étions débranchés, d'un coup. Plus rien ne se passe, aucune énergie ne nous porte, et nous restons les uns contre les autres, blottis sur le lit ou à même le sol, à ne plus pouvoir nous lever. Nous n'avons aucun autre projet que de trouver du shit pour renouveler le rire. Et puis nous avons faim.

Nous achetons du « space-cake » à Amsterdam le lendemain de notre arrivée. Pour tester, pour pouvoir dire à notre retour que nous y avons goûté. Nous achetons une part chacun et nous dirigeons vers le concert, dans la salle d'à côté. Il ne se passe rien, le gâteau ne déclenche rien, nous nous sentons floués. Nous achetons une deuxième part et retournons devant le groupe qui joue sur scène. Nous nous regardons, le garçon et moi, nous cherchons dans les yeux

117

de l'autre les premiers effets du haschisch, nous trouvons l'autre bizarre, nous avons envie que quelque chose arrive. Nous nous observons mutuellement pendant toute la soirée, mais ça tarde à venir. Puis la montée se fait d'un coup, la chaleur envahit la poitrine, au moment où nous allons rentrer, la chaleur compresse les tempes et provoque des suées. Nous savons que c'est parti, que le tour de grand huit aura lieu et que nous ne pourrons rien contrôler. Au moment de passer la porte et d'avancer sur la coursive qui débouche sur la rue, impossible de mouvoir mes jambes. Je ne sais plus comment me propulser en avant, mes mouvements se désynchronisent, j'ai la sensation de faire du surplace. Je tente d'avancer les genoux mais ce sont les chevilles qui ne répondent pas. J'esquisse l'amorce d'une progression mais je sens le sol qui se dérobe, comme si la rue penchait, puis tanguait, puis se gondolait. Je m'accroche au garçon, moins instable que moi, je lui agrippe le bras et pèse de tout mon poids. Nous rions de nous voir aussi peu amarrés, grisés par la nouveauté de la sensation, mais la peur me gagne et me paralyse. Nous nous asseyons sur un muret, je suis affolée, mon cœur tape fort. Le garçon croit d'abord à un jeu, une pantomime, puis il comprend que mon corps, impuissant et réfractaire, ne répond pas. La distance qui nous sépare de l'hôtel est impossible à franchir, des forces contraires s'emparent de mes jambes, les tirent en tous sens, les neutralisent. Nous nous écroulons enfin dans le hall, affolés et parcourus de spasmes. Riant nerveusement, de plus en plus fort. Il faut encore monter au premier étage, et les marches des maisons hollandaises, aussi abruptes que les échelles de meunier, demandent un effort au-dessus de mes moyens. Il nous faut sans doute une heure pour monter trente marches. Le plus difficile est de ne pas faire trop de bruit pour ne pas réveiller ceux qui dorment. Une fois enfermés dans la chambre, le garçon m'allonge sur le lit mais mes membres et mon buste sont la proie de tremblements vifs et anarchiques. Je vois la fenêtre, je suis attirée par la fenêtre qu'il me vient à l'idée d'enjamber. Le garçon me maintient fermement sur le matelas, son corps bien ancré sur mon corps, m'empêche de me répandre n'importe où. Je pense aux secours qu'il faudra sans doute appeler, à mes parents qu'il faudra alerter, je pense à la catastrophe à venir. Le gâteau est dans les veines, impossible de l'en extraire. Il faut attendre que la digestion s'accomplisse, que la tempête se calme. Il faut apprendre la patience, espérer que le plus tumultueux est passé. Nous restons une partie de la nuit, accrochés l'un à l'autre, inquiets et en alerte. J'espère qu'un retour est possible. J'espère que mon corps possédé se délivrera de son poison. Après, un froid glacé me parcourt les os, je réclame des couches de couvertures. Au matin, le soleil entre dans la chambre et je me lève, pas plus perturbée que si j'avais rêvé.

Notre vie se poursuit, comme si le fil du temps ne nous concernait pas. Les années passent, sans que nous ayons conscience de notre jeunesse, de l'immensité du temps que nous avons devant nous, et dont nous n'imaginons pas qu'il est à l'origine de notre toute-puissance. J'enchaîne les semaines, les mois, les années, sans profiter de mon image dans le miroir, sans savoir que mes pommettes un jour s'affaisseront, que mes paupières seront plus lourdes. Je vis dans un monde éternel, dans une répétition sans fin des levers et couchers du soleil. Je ne pense pas que la vie a une fin. Les vieilles personnes m'ennuient. Je me crois définitivement dans le camp des moins de trente ans, et je n'en tire aucun plaisir, aucune satisfaction. Seulement une certitude, sorte d'imprudence. Je prends malgré tout de la distance avec mon adolescence et respire plus profondément. Le jour où, à la boulangerie, on me dit «madame», je ne vois pas le rapport entre «madame» et moi, je pense à une erreur de discernement. Je deviens une femme et le mot me terrifie. Je ne le prononce jamais. Je pense que les femmes, ce sont les autres, celles qui se laissent faire par la vie sans résister, celles qui disent «chéri» à leur mari, celles qui portent des chaussures et des sacs assortis. Je continue de dire « les filles » ou « les garçons ». Il ne faut pas tout mélanger.

Sur une l'affiche aux quatre coins de la ville, Myriam annonce : « Demain, j'enlève le haut. » Le jour suivant, elle surenchérit : « Demain, j'enlève le bas. » C'est cela aussi être une fille. Il faut avoir de l'humour pour supporter. Le haut, le bas, est-ce tout ce qui capte le regard ? C'est ce que les images veulent nous faire croire.

Je ne sais pas ce qui s'inscrit imperceptiblement sur ma peau. À quels détails objectifs certains savent que j'ai bientôt trente ans ? Un pli au coin de la bouche ? Un voile peut-être dans la voix ? Je découvre les produits de beauté et leur pouvoir raffermissant, leur prix surtout qui donnent à penser que l'âge n'est pas à prendre à la légère. Le mot apparaît sur les notices et les emballages, qui me consterne. Les crèmes sont « anti-âge », il s'agit de ne pas faire son âge, de paraître toute sa vie une enfant. Les mots creusent des sillons plus sûrement que les rides, mots cruels et vides de sens, qui s'accrochent à ma figure, m'égratignent.

Quand ma grand-mère meurt, je suis en colère, je cogne des poings contre la cloison, je redeviens sauvage. Quand elle cesse de respirer dans le grand hôpital du centre-ville, je prends la mesure de ce dont elle souffrait, je revois le poignet maigre, la manche relevée pour montrer la peau piquée par l'aiguille de l'infirmière, les bleus autour des veines. Je vois ma mère surtout, dont le visage est méconnaissable, aspiré par un vertige dont je n'ai pas idée. Ma mère dont le corps s'affaisse, ploie, devenu si lourd qu'il faut que mon père le soutienne, pour donner l'illusion que ses jambes tiennent. Je vois ma mère et mon père enlacés, avançant à petits pas sur le sol de leur cuisine, muets et comme coupables, des vieillards soudain. Je vois le potage que ma mère refuse, la tisane qu'elle refuse, les médicaments qu'elle rejette. Je vois les yeux de ma mère comme ceux d'un animal qu'on traque, dénués de confiance. J'entends son souffle qui accompagne le moindre de ses gestes, celui pour tirer une chaise, enlever ses chaussures, le souffle exténué quand elle suspend son manteau, le poids de ses épaules qui s'affaissent au-dessus de la table. On est tenté de l'embrasser sans pour autant oser la toucher. J'ai peur du corps qui souffre et qui supplie malgré lui, je me détourne et ferme la porte, je m'en veux de ne pas savoir comment alléger sa peine.

Je dis que je n'ai pas peur de porter des cartons, de monter sur un escabeau, de m'accroupir, de me traîner à quatre pattes sur le parquet.

Je dis que j'ai de bons yeux et que j'ai le sens du classement. Je dis que je n'ai pas peur de passer l'aspirateur tous les matins. Je dis que je suis la personne idéale pour ce travail. Le libraire veut savoir si je suis à la hauteur. Il me demande qui a écrit *Le Vieil Homme et la Mer*, et *Vendredi ou les Limbes du Pacifique*. Puis il passe à la vitesse supérieure, il me colle avec *Le Rivage des Syrtes* et je perds pied. Mais apparemment cela n'est pas grave, le libraire apprécie que je sache taper à la machine. Il insiste, il semble enchanté. Je devrai taper la liste des nouveautés chaque semaine pour la livraison à la bibliothèque municipale. J'aurai la responsabilité des bordereaux. Cela me convient parce que je ne connais rien en littérature, rien en art, rien en sciences humaines. Le libraire qui m'embauche ne me parle que du corps, me dit qu'il a mal aux reins, craint les escaliers et les volumes trop lourds. Il me met en garde contre la manutention. Libraire, c'est porter des livres, déclare-t-il. Je pourrai les lire le soir chez moi. C'est ouvrir et fermer des cartons, dérouler le scotch, faire fonctionner l'étiqueteuse. C'est faire des piles, lutter contre le manque de place, confectionner des vitrines, agencer. Il me fait faire des essais avec une machine à écrire à ruban. Il vérifie ma frappe, puis mon ortho-graphe. Mes doigts courent sur le clavier et j'ai honte que ma compétence se résume à l'agilité de mes dix doigts.

Quand il me confirme que c'est moi qu'il choisit, il se permet une question, qui me surprend. Il me demande si je ne suis pas enceinte.

Autour de moi, les cousines, les amies sont enceintes. Je souris à l'annonce d'aussi bonnes nouvelles, je fais parfois des cadeaux, mais je ne m'attendris jamais sur les peluches ou les petits vêtements. Quand on me met un nourrisson entre les mains – les jeunes mères pensent toujours que leur bébé est unanimement convoité –, je reste interdite et figée, m'obligeant à sourire. Je ne supporte pas les allusions des amis, des cousines, des parents qui verraient bien en nous un couple de parents. À vrai dire, nous n'en avons jamais parlé, nous ne savons pas, ne nous prononçons pas. Nous n'osons pas. Est-il encore possible, dans ce monde, de douter ? Nous avons vu chacun de nos amis disparaître une fois changés en parents, devenir méconnaissables, inaccessibles. Nous avons vu nos amis tout entiers happés par leur progéniture, obsédés par la température du biberon, la qualité des couches, la sécurité de la table à langer. Nous avons assisté à la rapide dissolution de nos amis, leur façon de renoncer à toute conversation n'ayant pas trait à leur enfant, leur façon de penser leur enfant unique, doté de capacités incomparables. Nous avons pris peur en voyant les filles se changer en mamans, mâchant la nourriture pour leur enfant, suçant la tétine tombée par terre, donnant le sein au milieu des convives. Nous nous sommes inquiétés en assistant au spectacle de nos amis se métamorphosant en parents jaloux, qui voient éclore leur instinct de protection, leur goût du confort, l'explosion de leurs penchants «petits-bourgeois». Nous avons assisté, médusés et tristes, au renoncement des idéaux de nos amis qui, après avoir prétendu œuvrer pour un monde plus juste, se sont contentés de signer des pétitions pour qu'ouvre une crèche dans leur quartier.

Non je ne veux pas d'enfant, un corps dans mon corps, je n'y ai jamais pensé. Un corps qui prend racine, qui vient de l'intérieur, qui pousse les parois, qui grandit comme une plante dans l'obscurité. Je ne veux pas reproduire ce que je suis, risquer de mettre au monde une fille comme moi, qui ne saura pas comment être une fille, cherchera l'équilibre en marchant sur la poutre, cherchera son centre de gravité. Regardera son nombril le soir avant de dormir, se penchera à la fenêtre pour voir le monde rempli de gens qui l'inquiéteront, qui l'attireront aussi. Qui lui demanderont d'être charmante, présentable et discrète alors qu'elle sentira le magma qui la brûle, impossible à contenir. J'ai peur que mon corps reproduise un même corps, et de devenir la mère de ma fille, de lui demander d'attacher ses cheveux, de tirer sur sa jupe, de monter ses chaussettes jusqu'en haut.

Le garçon lâche, avec un geste d'énervement, que je ressemble à ma mère. Peut-il répéter ? Oui, quand mon visage se crispe, quand je dis quelque chose de désagréable, je ressemble à ma mère. C'est curieux, ressembler à sa mère pour une fille ne serait qu'une piteuse affaire ? Alors que ma mère est si belle.

Je ne veux pas et puis j'y pense. Je suis vrillée par la contradiction. Un enfant je n'en suis pas capable. J'ai envie et je suis effrayée. Cela dure, longtemps, l'impossibilité d'admettre que je peux fabriquer des pieds, des yeux et des bras. Et un être dont je serais responsable.

Après un dimanche morne, je m'en prends au garçon, je suis lâche. Si nous avions un enfant, la journée ne serait pas gâchée. Nous aurions un projet. Nous serions gais et attentifs, nous marcherions dans la ville avec l'enfant sur les épaules, à la recherche de plaisirs minuscules. Nous nous déplacerions autrement dans l'espace et dans le temps. Mon âge – trente ans – semble un tournant, une étape dont on ne réchappe pas sans enfant. La question revient dans toutes les bouches, tous les regards. C'est comme si nous étions cernés. Mais que souhaitons-nous loin du

126

jugement des autres, hors la pression infligée par les autres ? Le monde dans lequel nous vivons, dans sa perpétuelle cruauté, n'est pas le havre dont nous rêverions pour nos enfants. Nous avons peur de commettre un crime. Quand on m'interroge, je réponds que je ne suis pas prête, pas encore. Et pourtant j'ai l'espoir que quelque chose arrive, qui me dépasse.

Chaque visite d'appartement est comme une vie nouvelle qui commence, un avenir possible. Nous évoluons dans l'espace avec la légèreté de ceux qui ont quelque chose à cacher. Nous passons d'une pièce à l'autre en nous cherchant des yeux. Arpenter un espace vide est une sensation spéciale qui demande au corps de se fondre dans les volumes, d'adopter des trajectoires franches. Nous sommes d'accord sur tout, la surface, l'exposition, le chauffage. Notre seule divergence est l'étage. Le garçon aime prendre de la hauteur, alors que moi je préfère être au ras du sol. Il rêve d'une terrasse au-dessus des toits, j'ai envie d'une cour ou d'un jardin. Mais ce léger désaccord n'est qu'un jeu, une façon de nous mesurer à l'autre, d'explorer son univers. Lui est tout entier requis par la lumière et l'horizon dégagé, il est aimanté par les fenêtres, qu'il ouvre et ferme chacune à leur tour. Puis il se penche au-dehors, a besoin de sortir du cadre. Moi je pense déjà qu'il faudra monter la poussette. Je me vois

127

en train de porter, de ployer, je suis effrayée par toutes les marches d'escalier. Vivre en bas me plaît, c'est comme habiter une maison, avoir les pieds ancrés.

Nous emménageons dans quatre-vingts mètres carrés et retrouvons le plaisir du parquet, le son particulier des lattes qui réagissent comme le bois d'une guitare, sur lequel nous glissons plus que nous marchons. Les placards hauts nous obligent à une extension totale, hissés sur nos pointes. Il faut tourner les poignées de portes en porcelaine, inviter nos poignets à intégrer une prise et une rotation nouvelles. Les plafonds sont à plus de trois mètres, ce qui fait un lourd volume au-dessus de nos têtes et redessine les proportions de nos silhouettes. Il y a quatre fenêtres au sud et deux à l'opposé, ce qui provoque des courants d'air inattendus quand je lave les vitres d'un côté et que le garçon peint de l'autre. Nous pouvons nous rencontrer, nous apercevoir, nous éviter, les pièces convergent autour d'un grand hall, plaque tournante de notre nouveau lieu.

Nous avons besoin d'agir, de nous activer. Nous transportons des pots de peinture, des outils, des rouleaux. Nous sommes préoccupés par les performances de la perceuse, le fonctionnement de la décolleuse. Nous utilisons du papier de verre pour poncer les boiseries et nous découvrons que c'est une douleur, dans le bras, l'épaule, et bientôt dans la nuque. Pour la première fois, nous polissons nos surfaces habitables, nous les lissons, les caressons, comme s'il s'agissait de notre peau. Nous nous frottons à la matière, la respirons, faisant de l'appartement le prolongement de nous-mêmes. Le garçon est perché tous les soirs sur un escabeau, il devient inaccessible. De fines particules de plâtre volent dans l'air et nous obligent à ouvrir grand les fenêtres. Je demeure au ras du sol. Je lessive, décape, frotte avec une brosse. Je me courbe sur la baignoire, en chasse le tartre accroché aux parois. Je me demande où est vraiment le garçon, la tête à trois mètres de haut, dans son vieux pantalon de survêtement. Il chante en même temps que la radio, enivré par les vapeurs de xylophène qu'il applique sur les poutres. Il fredonne, il s'emballe, lui habituellement si discret.

Après l'emménagement, il faut encore organiser le lieu, ranger, orchestrer la mise en espace. Je commence par la nourriture. Je n'aime pas que le sucré fréquente le salé. Le petit déjeuner d'un côté, les légumes secs de l'autre. Les bouteilles d'apéro sous le plan de travail. C'est comme si je remplissais les cases d'un agenda. Je passe du temps avec le linge. Il me faut prendre des empilements à bras-le-corps, les serrer contre moi, les presser pour les garder au carré. Je me dis qu'il faudrait tout relaver, tout repasser. Mais, dans la maison, on ne repasse pas, on lisse avec les mains, on fait comme si on s'en fichait. Quand le garçon a besoin d'une chemise, il s'installe à même le sol, à genoux devant une serviette de toilette et c'est ainsi penché dans une position tout orientale qu'il manie le fer à repasser. Cela va changer, je le sens. Nous allons accepter notre soumission au monde matériel et acheter une planche à repasser. Nous allons nous lever, nous déplier, et, par là même, saluer notre entrée dans la civilisation.

Pour faire un enfant, il faut que les corps accomplissent trois fois rien. Un rapprochement hâtif peut faire l'affaire. Il n'est question que de chimie, c'est si décevant. J'ai besoin de réajuster mes pensées. Je me perds entre l'infiniment grand et l'infiniment petit. Je flotte entre deux mondes, légèrement grisée, à la veille de prendre la décision qui fera basculer ma vie. Mais avant d'avancer les yeux fermés vers l'irrévocable, je repasse toutes les raisons de ne pas procréer: l'injustice qui gouverne le monde, la menace d'une troisième guerre mondiale, la nature destructrice de l'homme, la crise économique, la peur que mon enfant soit trisomique, la peur de la mort subite du nourrisson, la peur de transmettre à mon enfant toutes mes peurs. Quand j'énumère toutes ces raisons, je suis sûre de mon choix : je n'aurai pas d'enfant, j'y vois clair, cela est définitif. Je suis responsable et fière de cette conscience aiguë. Je pense, avec un brin de condescendance, à celles qui se sont laissé piéger. Je les plains. Puis le définitif devient provisoire, le doute m'accapare, me tiraille à nouveau. L'intuition combat la raison. Je suis perdue. Mon cerveau et mon expérience ne me servent à rien.

Je dois agir. C'est direct et concret. Si je veux être enceinte (je ne peux pas dire « tomber »), je dois savoir à quel moment je cesse de prendre la pilule. La vie est parfois réduite à une très simple équation. J'y ai pensé toute la journée, sans oser poser explicitement la question, arrêter, ne pas arrêter. Nous nous couchons, puis, une fois le garçon endormi, je reste allongée sur le dos, et ce qui monte en moi ressemble à la morsure d'une cascade d'eau glacée. Alors que le garçon respire fort près de moi, un chagrin intense m'envahit. Je me lève doucement, m'installe dans le salon sans allumer. Aucun bruit ne monte de la rue, le dimanche soir est un moment spécial. Je pénètre dans la prétendue chambre du bébé, m'installe à la table qui pour l'instant est un bureau, et je reste sans rien faire, incapable de mettre de l'ordre dans mon esprit. Puis j'avale une pilule, m'offrant un sursis supplémentaire. Demain, il faudra trouver les gestes du quotidien et ceux du travail. Il faudra parler et sourire. Demain, la vie reprendra et personne ne saura la solitude des hommes et des femmes juste avant de devenir pères et mères.

Au quatrième jour de retard, je m'enferme dans la salle de bains pour faire le test de grossesse. Il est préférable de réaliser le test le matin. Ce sont des anneaux plus ou moins colorés qui vont déterminer le taux d'HCG. La lumière n'est pas assez franche, l'orangé vire au presque brun mais ça ne correspond pas au dessin qui accompagne le tube. J'ai pourtant accompli les étapes dans l'ordre, en commençant par prélever l'urine. J'ai poursuivi avec tous les petits gestes délicats, stressée mais précise dans la manipulation. À bien y regarder, l'anneau est quand même assez foncé, tout dépend de ce qu'on entend par brun. Une graduation serait plus appropriée, mais le laboratoire a préféré une évaluation plus ludique, limite poétique. Je relis la notice une nouvelle fois et, concentrée sur le décryptage des couleurs, je ne vis pas le choc immédiat, la révélation brute, j'en suis à froncer les sourcils, à douter quand même un peu. Aussi, lorsque je sors de la salle de bains, je ne peux pas me jeter sur le téléphone. Je tourne en rond, déçue pour ne pas dire dépitée, avant de savoir comment enchaîner.

J'attends le diagnostic du laboratoire d'analyses. Là c'est mon sang qui a parlé. Il est cette fois noté sur la feuille de résultat, noir sur blanc, que mon taux d'hormone gonadotrophine chorionique est pile poil celui d'une femme enceinte.

Je prends rendez-vous chez un gynécologue. Je choisis une femme. C'est difficile de parler du corps, de trouver les mots adaptés, de nommer chaque partie avec précision, sans allusion, sans sous-entendu, sans gêne. C'est difficile de poser des questions dont on imagine qu'elles sont idiotes. Le cabinet du médecin est l'endroit où je me sens diminuée, ignorante et lâche. Je ressors avec autant d'interrogations qu'avant d'y entrer. Je ne sais pas quoi faire quand le médecin me dit de me dégrafer, si je dois, comme Myriam sur le réseau d'affichage, enlever le haut, puis le bas. Certains médecins ne donnent aucune indication. Je ne veux pas qu'il me trouve prude, ni, au contraire, trop impudique. Évoluer dans le cabinet du médecin consiste à travailler son détachement. Alors que chaque parole intrigue, chaque requête inquiète. Suis-je à la hauteur ? Est-ce ma faute si j'ai attrapé un herpès qui me défigure ? N'ai-je pas laissé traîner trop longtemps cette infection ? Ai-je effectué le test de grossesse au bon moment ?

La gynécologue demande si le grain de beauté sur le haut de ma cuisse est là depuis longtemps. Elle le touche du bout du doigt, appuie et tord la bouche. Elle dit qu'il faut surveiller, rien d'inquiétant, l'avoir à l'œil. Puis elle revient sur la grossesse. Veut connaître mes antécédents, mes habitudes, mes points faibles.

Au début je reste discrète. Mon ventre ne révèle rien, ce n'est qu'une construction mentale. La date est inscrite sur le calendrier: ce sera au plus froid de l'hiver. Le compte à rebours débute, ma vie va se changer en semaines, en échéances, en étapes. Je ne serai plus comme avant, je vais gagner en gravité, en inquiétude aussi. La crainte d'avoir un enfant anormal revient. Je lis *Quand j'avais cinq ans, je m'ai tué* de Howard Buten. Le livre me rassure, j'en ressors même persuadée que mettre au monde un enfant trisomique est une aventure pleine de sens. Puis la peur reprend le dessus. Je crains aussi de ne pas être capable d'accoucher. L'idée que trois kilos de chair trouvent un passage entre mes cuisses me semble la plus inconcevable des réalités. Il faut être inconscient pour se laisser aller à tenter l'expérience. Les filles osent simplement parce que d'autres filles l'ont fait et n'en sont pas mortes. Alors j'accepte qu'il n'y ait pas de logique à cette énigme. J'aime que mon avenir soit ainsi régi par une opération impossible.

Mon corps ne change toujours pas. C'est moi qui imagine un léger renflement au bas du ventre, mais non. On ne risque pas de me céder la place dans l'autobus. Je vomis parfois au lever, ce qui me donne de l'importance. Mes seins entrent en scène, mais je ne souligne rien.

Au quatrième mois, la gynécologue prescrit une échographie. Le garçon dit qu'on va enfin *le* voir à la télévision. Nous apprenons qu'on dit échographiste et non pas échographe, nous épinglons tous ceux qui se trompent, et tout le monde se trompe. Nous avons rendez-vous un matin à neuf heures. Je monte sur la moto, je peux encore pendant quelques semaines. Le temps est long parce que j'ai dû boire un litre d'eau pour que l'examen soit efficace, et dans la salle d'attente je ne tiens plus, ce qui me rend irritable. Puis je m'allonge. Gel, douchette, gants, écran, paroles bienveillantes, gestes précis. L'image est d'une beauté sidérante, c'est le choc, le réveil d'un coup, claque monumentale et pluie d'étoiles. Le profil du fœtus apparaît (ne pas dire l'enfant), d'une netteté et d'une harmonie parfaites. Je sens l'amour qui me gagne, m'emplit, me fait bientôt exploser. Mais je voudrais quand même faire pipi.

Là, au milieu des turbulences météo, alors que l'image bouge, ce sont ses fesses, ici le tibia, et par là les doigts qui se dessinent, et puis, il vient de se tourner, voici son cœur qui bat. Est-ce que vous voulez connaître le sexe ? Parce que si vous

135

voulez savoir vous avez une vue parfaite sur la verge, ce qui ne laisse aucun doute.

Avant de nous séparer pour aller travailler, le garçon dit: «Attention de ne pas vous faire écraser.» Je ne suis plus «je» mais ce «vous», d'un coup, immense, puissant, indestructible.

Un matin, j'ai la sensation qu'à l'intérieur ça bouge. Que quelque chose pousse sous la peau, se tend, se retourne, est vivant. Une bosse ici, qui se rétracte, un dôme léger qui se déplace. Je suis habitée. Alors ma main cherche, palpe, ma main approche du corps du fœtus, de l'autre côté de la paroi.

Je disparais derrière mon corps. Je dois en passer par là. Je me change en matière, j'entends dire que je suis épanouie et je déteste ce commentaire (ma cousine Pauline peut-être). Une femme enceinte est regardée, dans ses proportions nouvelles, sa démarche légèrement chaloupée, ses attitudes inédites. On me demande si je suis fatiguée, si monter les escaliers ne m'essouffle pas, si la nourriture me convient, si les nausées s'estompent. On me parle de poids, de peau, d'organes, d'hormones, et c'est vrai que je suis soumise aux caprices de mon corps. Au début, je m'endors après le repas du soir, une frustration. Quand je ne dors pas, je suis emplie d'énergie, je ne sais pas que ma masse sanguine augmente et que je suis mieux oxygénée. Côté cœur et respiration, c'est un vrai coup de fouet. J'entends dire que la grossesse est une méthode de dopage à la progestérone pour les sportives de haut niveau. Je ne fais pas de sport mais je marche dans la ville, drapée dans un manteau suffisamment ample pour ne rien dévoiler. Je n'aime pas être dominée, encore moins définie par mon corps. Seul le garçon sait le détail de la transformation. Ce n'est pas rien de devenir une autre, de laisser le garçon être témoin.

C'est long et lancinant. Petit à petit, je suis possédée, et donc dépossédée. Parfois je ne sais plus qui je suis, moi ou le fœtus qui prend de plus en plus de place. Je suis féminin et masculin dans un même bain. Tout ce liquide me perturbe. Je crains le mot amniotique, c'est comme un airbag, qui enfle dans mon esprit. Je m'endors avec de l'eau dans la tête, me réveille avec les images de la nuit, sans doute rêvées, celles de fontaines, de cascades et de rivières qui déferlent sous la peau. Ça bouge de plus en plus sous l'épiderme, les épaules, les bras et aussi les jambes prises au piège de la chaleur liquide. Je n'aime pas ce qui est suave et mou. Quand j'étais enfant, j'aurais préféré être un garçon, et là ça revient, cette envie de fermeté, de muscles saillants. Je marche en pensée dans les caves de l'immeuble, tenant Robi par la main.

Et puis je me rends. Mes fesses ne sont pas devenues comme celles de mon cousin Olivier. J'ai eu peur, mais tout va bien. Je consens à l'occupation, puisqu'il faut en passer par là. Je me dilue et c'est comme si je nageais sous l'eau les cheveux défaits, me laissant porter par le courant. Je serai docile, je laisserai la nature appliquer sa méthode, contre laquelle je ne peux rien. Je déteste ceux qui disent « laisser faire la nature ». Je vais cesser de vouloir contrôler et permettrai au fœtus de devenir un bébé.

Peut-on faire l'amour pendant la grossesse ? Mon guide ne répond pas à la question. Mon guide fait comme si la question n'existait pas. Faut-il inventer une façon nouvelle de s'étreindre, avec de l'humour et une indulgence vive ? Comment intégrer la présence de ce troisième corps, avec qui il faut compter ? N'est-il qu'en moi ou entre le garçon et moi ? Faut-il prendre le temps comme s'il s'agissait d'une première vieillesse, avec des gestes au ralenti ?

Je sors de la maison pour rejoindre d'autres filles qui apprennent à accoucher. Nous sommes en collant, face à une sage-femme et à un miroir, comme pour les cours de danse. Sauf que personne ne s'étire à la barre, mais chacune gît à terre, encombrée. Je suis de celles qui obéissent, qui ne manquent aucun détail de chaque exercice de respiration. Le procédé est simple : aspirer-bloquer-haleter-pousser. J'entends parler pour la première fois de la «respiration du petit chien» et je refuse cette image. Pour accoucher je deviendrai un chien, un rhinocéros ou un buffle. Je m'enfermerai dans la carapace d'une tortue géante, d'un crabe ou d'un tatou. Puisque les animaux accouchent visiblement mieux que les humains, sans cours et sans assistance. À moins que je ne me change en poisson et ne me tapisse sous le corail pour mettre au monde une guirlande d'œufs transparents. Mais je suis un mammifère, j'en vérifie la définition dans le dictionnaire et, oui, je dois admettre que je mettrai bas comme une girafe. Voici une comparaison qui me rassure, ce que peut une girafe, je le peux aussi.

Le moment le plus difficile est celui de la projection du film. Mauvaise séance de cinéma, avec comme acteurs principaux un couple à l'impudeur sereine, un duo obstétricien/sage-femme caricatural, et un nouveau-né qui n'a rien demandé, ni à naître ni à être filmé. Le scénario, depuis l'arrivée à la maternité jusqu'à la délivrance, est comme une longue séquence publicitaire, sur un fond de suspens et d'élans de tendresse lourdement assenés. L'indécence de l'ensemble, les sentiments, se mêlent aux jambes ouvertes de la

139

femme, au sourire ému du père, au sang recouvrant le crâne du bébé, le tout nappé de musiques pompières. Je me laisse surprendre et c'est avec effroi que je sens monter mes larmes. Je ne sais pourquoi je pleure. Émotion ou dégoût ?

Une autre question m'attend, à laquelle je dois répondre. Péridurale ou pas ? Je me sens rassurée par la possibilité de souffrir moins. Mais je ne sais pas ce qu'on appelle souffrir. De quelle intensité est-il question ? Rage de dents ou écartèlement ? La sage-femme qui dispense les cours fait comprendre que la péridurale est un acte de confort. Elle ne s'émeut pas du fait que les femmes, depuis des siècles, accouchent à vif. Peut-être même qu'elle en conçoit de la satisfaction. Deux avis s'opposent. Pour compliquer les choses, la sage-femme ajoute que la péridurale n'est pas sans risque, sans qu'en soit précisée la nature. Il est possible que, une fois sur mille. C'est comme pour les vaccins. Ce que disent les femmes, c'est qu'avec la péridurale on ne sent rien, et on passe à côté de son accouchement. Ce monde de filles n'est pas pour moi, je ne sais pas comment naviguer entre toutes ces hypothèses.

Cela arrive pendant une nuit glacée de janvier. Le vent siffle sous la fenêtre, je respire exactement comme on me l'a appris. Je laisse monter dans les reins la brûlure qui insiste, me concentre

140

sur la douleur inédite, tente de la combattre en m'oxygénant. Cela revient à intervalles de plus en plus réguliers comme une lame qui fouille, débusque, puis mord les chairs au creux du dos. Je ne savais pas quel visage aurait l'attaque, comment elle surgirait. Je la visualise comme une traînée de feu, qui fixe son empreinte, longtemps, qui marque, appuie. Et c'est la durée qui me surprend et me soumet. La progression, de vif à très vif, comme un embrasement progressif puis bientôt tout-puissant, qui me renverse, oblige mes poumons à un rendement maximal. L'accalmie me permet de reprendre des forces, puis la vague revient, de plus en plus aiguë, impitoyable. Je me lève et m'installe dans le salon où je déplie le canapé, je préfère me tordre sans témoin. Je respire fort, seule dans la lueur de la lune, je crois que je n'ai pas peur. Je vois que mon corps tient, il parvient à supporter, sans s'affoler, sans défaillir. Quand ce n'est plus possible, je réveille le garçon, il faut y aller.

Après il ne faut plus imaginer être une fille, une femme ou quelque chose d'approchant. Il faut accepter de n'être qu'une enveloppe de chair, tant le cerveau ni la mémoire ne comptent plus. Il faut se changer en une denrée concrète, sans éducation ni affect, n'obéir qu'à une logique mécanique, laisser de côté sa culture et son style. Son orgueil aussi. Sur la table d'accouchement toutes les femmes sont égales, c'est-à-dire impuissantes et soumises. Terrassées. Alors on repense aux girafes, on a vu les images à la télévision, l'élégance et la grâce, la longue descente, comme sur un toboggan, du girafon qui glisse hors de l'enveloppe et, contrairement au bébé humain, se met sur ses pattes et vit bientôt sa vie autonome.

Les matières de la «salle de travail» sont exagérément froides, métal, carrelage, verre. La lumière tombe d'en haut comme une douche plein volume. J'y pénètre couchée sur un chariot, privée de mon libre arbitre et de mes mouvements, privée d'humour. C'est une pâle copie de moi qui gît ici, étalée, puis recroquevillée sur la douleur quand la lame vient me chercher, me prend, me jette, me prend, m'essore. Je repousse les gestes que le garçon esquisse pour me rassurer, je suis injuste et insolente. Je suis une masse de muscles, d'organes, de nerfs à vif qu'il va falloir maîtriser pour que l'équation se résolve, pour que la montée se fasse, régulière, puissante, efficace. Pour que mon corps devienne une machine qui avance. Une mécanique qui pulse, turbine à plein régime, recycle la contraction en force motrice. On imagine les chairs palpitant comme un cœur et les fluides qui circulent toutes vannes ouvertes, valves, clapets, parfaitement synchronisés. Cela m'envahit, me dépasse et m'affole. Je n'ai aucun choix si ce n'est laisser monter la lave qui bientôt brûlera tout sur son passage, chair, parois, muqueuses. On croyait être une fille courageuse et organisée. On avait la certitude de tout maîtriser. Là on n'est rien qu'un tas. C'est la vie dedans qui fait le travail, la fille essaie juste de respirer.

Je me couche sur le côté, vaste entreprise, et j'offre mon dos à l'anesthésiste. L'aiguille devra atteindre l'espace péridural entre la troisième et la quatrième vertèbre lombaire, sans toucher la moelle épinière. Le geste évitera à la parturiente des efforts anarchiques et des cris. Et, s'il est bien administré, n'entraînera ni la paralysie ni la mort de la mère et de l'enfant.

Monitoring, ceinture, cathéter, pulsations par minute. Tout s'accélère, j'y crois, mais quelques heures seulement se sont écoulées, ce n'est que le début et je ne le sais pas. Le liquide apaise, je redeviens fréquentable. Les attaques reprennent, l'accalmie est passée, il faut rejouer la respiration du petit chien pour franchir une nouvelle fois le mur du son. Bang bang, ça explose partout à l'intérieur, je me crois perdue, je n'y arriverai pas. La voix de la sage-femme entre dans mon tympan, ne me lâche pas, elle me soutient, respire avec moi, demande au garçon de respirer aussi, et lui, au lieu d'entrer dans la danse, devient pâle et transparent et bientôt hors jeu. Les deux filles continuent leur duo, épuisent les gammes monocordes, s'écoutent et s'encouragent, la gorge pleine de poussière. Arrive le moment, après cinq, six ou sept heures de chauffe, de pousser hors de soi le corps vivant qui est passé du stade d'embryon à celui de fœtus à celui de presque né. L'homme qui recoud la déchirure a de grands yeux bruns et un voile de douceur dans le regard. Je n'ai plus mal, je suis après. Je suis bien. Je ne soupçonnais pas un soulèvement d'une telle violence.

4

Dans la chambre de la maternité, c'est blanc, calme, propre. Dehors c'est blanc aussi, il a neigé. Le bébé dort dans un berceau près du lit. Je ne lâche pas son profil des yeux, la ligne qui part du front jusqu'à la bouche me sidère par sa netteté, dans laquelle je retrouve, mêlés, le profil du garçon et le mien. Je parcours la ligne encore et encore, je n'en reviens pas. Se superpose une autre ligne, bien visible, celle de la mère du garçon. Et je comprends soudain. Je vois très clair d'un coup, la mère du garçon et moi avons un visage aux traits si proches.

Il faut encore trouver les gestes, oser prendre le bébé sans craindre de le démembrer, sans que la tête tombe vers l'arrière, sans trop appuyer sur le ventre, sans lui tordre le cou. Il faut savoir se pencher, glisser la main sous le dos, écarter la paume, soulever et, de l'autre main, soutenir la nuque, convoyer ainsi l'enfant horizontalement jusqu'à le blottir contre soi, sans le réveiller, sans lui faire violence sous la lumière trop vive. L'installer sur le bras, à la pliure du coude, espérer qu'aucune crampe ne viendra contrarier le mouvement, puis bercer très légèrement, sans raison apparente, répondre à la peur de l'immobilité, faire osciller le bras et ne pas en perdre une miette, scruter le visage toujours endormi mais en proie à des spasmes isolés. Avec la main libre, remettre un chausson mal ajusté, effleurer les lèvres qui demandent à téter, caresser les doigts dont les ongles délicats déconcertent par leur perfection, lisser la courbe du sourcil et reconnaître la paupière trop plissée comme une réplique de sa propre paupière, pas ce qu'on a de plus réussi.

Je dois me lever et c'est impossible. La tête tourne, les jambes ne tiennent pas. La tension est au plus bas. Toutes les femmes de l'étage vont et viennent dans les couloirs avec leur bébé sur les bras. Moi seule m'appuie contre le mur, je me suspends au garçon pour aller aux toilettes, je suis une petite chose vacillante.

La nuit, on m'enlève le bébé pour que je me repose. À l'aube, j'entends depuis le fond du couloir le retour du berceau sur ses roulettes, dans un grondement de plus en plus sourd. Tout mon corps attend.

On me montre encore : nourrir, changer la couche, soulever les pieds, donner le bain, faire des gestes brefs, nets, directs. Ne pas avoir peur de le brusquer, savoir s'imposer, le rassurer. L'infirmière me trouve trop hésitante, elle aime les femmes déterminées. Je mets le doigt dans la bouche du bébé tant il a besoin de téter et je le calme ainsi pendant de longues minutes. Quand l'infirmière s'en rend compte, elle hausse le ton comme si j'étais une enfant. Elle me met en garde contre les bactéries.

Les bactéries, les microbes, les maladies nosocomiales, les virus, les courants d'air, les infections, les allergies, les irritations, les malformations, les étranglements, les fausses routes, les chutes, les brûlures, les méningites, les morts subites. Les menaces sont là, variées, permanentes, irraisonnées, qui peuvent venir à bout des trois kilos de chair tout juste livrés aux agressions. Être vivant, c'est être mortel, je l'apprends d'un coup et ne l'oublierai pas.

Le retour à la maison est la fin de la vie protégée. Le début des nuits blanches. Le bébé dort et pleure. Pleure puis dort. Prend un biberon puis dort, puis pleure. La première sensation le jour où je pose le couffin dans l'appartement : maintenant on fait comment ? On ne fait rien de spécial, on est là, on veille, on est sur le qui-vive. On n'a pas assez d'actions pour remplir la journée. On aime le soir parce qu'on donne le bain, et qu'une demi-heure passe. Après le biberon, je note sur un carnet le nombre de grammes de lait ingurgités. 80, puis 125, puis 200. J'additionne, je compare, je tiens ma comptabilité. Je fais pareil pour les heures de sommeil. Une sieste le matin, une sieste l'après-midi, et la nuit par intermittence. Quand je m'endors enfin, il se réveille. Alors je pleure à cause de la fatigue. Les premiers jours, je suis comme une ombre qui passe devant les fenêtres, sans trajectoire, sans projet. Je passe d'une pièce à l'autre, le bébé sur les bras. Je porte, j'intègre le poids de son corps, que j'incruste à ma propre masse. Je sens comme son corps est aimanté au mien, comme il s'agrippe et me cherche. Quand le garçon rentre du travail, il installe le bébé contre son épaule.

Je découvre que le père a un fils, c'est une nouveauté qui me renverse.

Il faut veiller aux quantités de lait. Une mesure pour 30 centilitres d'eau, indique le dépliant donné à la maternité. Il faut attendre que l'enfant ait faim. Il ne faut jamais le réveiller la nuit. Il faut le laisser boire autant qu'il veut, sans excéder les quinze minutes. Il ne faut jamais donner d'eau sucrée. Si, passé deux mois, l'enfant réclame la nuit, il faut consulter.

Dès le début du deuxième mois, il faut donner tous les jours une ou deux cuillerées à café de jus de fruits avec un peu de sucre. Ce que ne dit pas le dépliant, quand l'enfant peut prendre des soupes, est que le trou percé dans la tétine ne permet pas au liquide, plus épais, de s'écouler, ce qui frustre l'enfant et affole les parents. Il faut tout en même temps retirer le biberon de la bouche de l'enfant, qui crie, et utiliser une aiguille ou un canif pour agrandir l'orifice, quitte à ouvrir les vannes trop fort et finalement noyer l'enfant, tout en souillant d'une lame impure le matériel tout juste stérilisé. On se sent démuni, incapable. Mais on rit aussi.

Au début on ne peut rien faire, ni jouer avec le bébé, ni converser. Pas même lui tendre un objet. Il met longtemps avant d'attraper, il ne sait que bouger les mains au bout de ses bras, et les pieds, qui pédalent. Il se concentre sur la tétine, que chacun me conseille de supprimer. Le bébé se contente d'être là. Il ne fait rien, ne demande rien. Il habite seulement la pièce où il se trouve. Il est. Et je gravite autour, observe, approche. Pour qu'il se passe quelque chose, je le prends, puis le repose, je l'installe contre moi sur le lit, sur mes genoux, mais il ne tient pas encore sa tête, chaque changement de position est périlleux. Je mets en tension ma nuque, mon dos, mes avant-bras. J'invente des postures qui protègent, qui font écran. Et puis je le touche, je frotte ma peau contre la sienne, j'embrasse les plis de son cou, je crois que je le mange, je le respire.

Aux séances de rééducation du périnée, je préfère la piscine. Une fois par semaine, j'enfile mon maillot une pièce, mon bonnet obligatoire et m'astreins à effectuer vingt longueurs dans le grand bassin, après lesquelles je suis quitte. Les yeux rivés sur la pendule, je souffre pendant les premières brasses à cause du froid qui gagne les os, mais je persévère. Je ne me donne pas le choix, le seul plaisir sera celui de la mission accomplie, une satisfaction mentale plus que physique. La vision, par les baies vitrées, des arbres dénudés et du ciel blanc suffit à accentuer les frissons qui me parcourent. Je me bats pour que mes abdominaux se remodèlent et éradiquent la mollesse des tissus. C'est ma seule pensée encourageante. Je sors de l'eau avec la tête qui tourne. Enfin c'est le retour au vestiaire, puis la douche chaude sans fin, véritable récompense, la douche qui martèle et libère la peau de l'odeur de chlore, le parfum du shampooing et la chaleur du sèche-cheveux. Lavée à grande eau, essorée, vidée, je retrouve la maison chauffée et le fauteuil dans lequel je me laisse tomber.

Quand je n'ai pas le bébé sur moi, près de moi, à côté, je suis comme amputée. Je ne veux plus sortir, ni musique ni cinéma, parce que mon corps appelle son corps. J'ai honte et ne dis rien. Les femmes modernes sont censées se passer très bien de leur enfant, vivre leur vie de femme, travail-amour-loisirs, sans que l'enfant interfère jamais. Je serais donc une anomalie ? Quand il ne dort pas la nuit, je me lève et j'arpente les pièces, le bébé plaqué contre la poitrine. J'invente des chansons mièvres. Pendant les premiers mois, je suis obsédée par le sommeil. Je titube le matin quand il faut doser le premier biberon, je mets le lait en poudre à côté, je ne sais plus faire chauffer l'eau. Je ne suis plus moi-même mais un corps épuisé, hanté par l'envie de dormir.

Mon dos penché finit par se coincer. Mon dos tendu, distordu, étiré. Je m'allonge sur la table de l'ostéopathe, pâte brisée et grippée. Il m'installe sur des appareils, m'oblige à me suspendre la tête en bas. Il enveloppe mon crâne dans un torchon et tire d'un coup sec. Ça craque dans ma nuque, je crie, puis je tremble. Je n'ose pas m'enfuir. Je finis allongée à nouveau, disloquée sous une couverture. Il veut étirer encore, il tape au niveau des lombaires avec son poing. Il dit que je dois revenir, que mon affaire est sérieuse.

Il manipule mes orteils, demande si j'ai mal au foie. L'histoire du bébé que je porte ne l'intéresse pas. Il demande si j'ai une bonne sexualité, si mes règles sont douloureuses. Il demande si j'ai été une enfant désirée. Il tourne autour de moi, soulève la couverture, la secoue comme s'il éteignait un feu. Il dit que mon bassin est décalé, il veut savoir si je dors à plat ventre, si je dors la tête au nord. Si j'urine normalement. Il me parle des cinq vertèbres sacrées et comme je ne comprends pas il précise sacrum et os iliaque. Il dit qu'avant j'étais un batracien. Il parle de la queue des animaux, de la confusion au niveau du coccyx. Il veut en avoir le cœur net, dégager la queue au cas où. Il me fait mettre à quatre pattes. Il dit qu'il faudra tousser. J'espère que le téléphone va sonner.

Je vis au ralenti depuis plusieurs semaines. Mes attitudes ont perdu en précision et en détermination. J'apprends à glisser, à pencher, à m'alanguir. Rien ne presse. Je dois remplir les journées avec de tout petits riens. Je reproduis à l'infini les mêmes automatismes, visser, dévisser, boutonner, presser, nouer. Tout passe par les mains, qui acquièrent une dextérité nouvelle. Je m'installe dans l'absence de tempo. Je m'assieds sur le banc du square malgré le froid et je sens les pulsations de la ville, ailleurs, sans moi, les accélérations, le bruit des moteurs au loin. C'est la première fois que je n'ai rien d'autre à accomplir qu'être là. Je dois me défaire de la vitesse qui m'habite, je dois lutter contre moi.

Je m'oblige à mettre le bébé à la garderie, pour l'habituer, et m'habituer à la séparation. La garderie est loin de chez moi. Je pousse la poussette sur le trottoir, j'évite les crottes de chien, je pousse dans la montée. Il pleure quand je le laisse, il tend les bras vers moi. Je suis forcée d'être cruelle. Je le repousse. J'arrache, je coupe, je cisaille. Puis je marche dans la rue jusqu'au premier café, où j'attends. J'attends une heure, je bois du thé, puis j'essaie de tenir encore une heure. Quand je viens le chercher, je l'observe avant de me montrer. Il joue assis par terre. Je fais comme si j'étais décontractée. Mais son odeur me submerge quand je le prends contre moi.

Le premier jour où je le laisse vraiment, je franchis le seuil de la librairie, m'installe dans la réserve. Je dois parler aux autres, être enjouée, je dois retrouver ma voix, activer mes cordes vocales. Je vais chercher loin l'énergie pour faire des phrases, quelque chose au fond de moi tremble. Mes jambes tremblent, mes bras sont fatigués. Je ne savais pas que porter les sons hors de sa gorge demandait autant de force. Ma voix n'est pas la même qu'à la maison, je suis étonnée du son nouveau qu'elle produit. Je ne comprends pas pourquoi je suis si essoufflée.

Souvent je frotte mes mains contre mes bras en disant: «J'ai froid.» Le garçon me fait remarquer que ce geste devient un tic, que, en toute occasion, je frotte mes bras. Ce geste est apparu en même temps que le bébé. C'est la sensation que m'a laissée mon corps occupé, puis déserté. Le trop de chair, l'eau dedans, les membranes et le sang, l'immunité. Et le bouillonnement, l'incubation, le laboratoire saturé d'activité. Le corps comme une machine, une fabrique, patiente chaîne de montage, usine à gaz. Puis c'est comme une sécheresse qui gagne, une aridité qui se propage dans tous les tissus, tire la peau vers l'intérieur, la retient. La respiration devient expiration, les fibres se rétractent, la circulation ralentit. Et j'ai froid.

Je dors contre un mur et j'écoute ce qui se passe derrière. Mes oreilles deviennent l'organe indispensable. Je crois entendre, je perçois, je détecte, puis j'identifie. J'ai une oreille dans l'oreiller et mon ouïe est parasitée, je me redresse sur le matelas. Le bébé hoquette, puis il couine, puis il pleure et mon conduit auditif transmet toute l'inquiétude dont il est capable. Capteur, haut-parleur, coquillage, caisse de résonance, mon tympan vibre au moindre son émis

154

par le bébé, qui vient me cueillir au plus profond du sommeil. Les vibrations traversent la cloison, m'atteignent jusque dans la poitrine, puis l'abdomen. Je suis touchée, presque coulée, je crois que le bébé se noie sous tant de larmes. La puissance des pleurs appuie contre mes tempes qui deviennent dures, schiste, granit, se changent en pierre. Silex qui tranche au plus noir de la nuit.

Au matin, le bébé émet d'autres sons, comme un chant à la première rime sans cesse recommencée. C'est aigu puis mouillé puis vibrant. C'est paisible puis strident, toujours une foudre en réserve. Je marche sur le parquet, pieds nus, pour qu'il ne m'entende pas. J'ouvre la porte de la chambre, je veux le surprendre dans la solitude qu'il commence à apprivoiser, observer le corps qu'il tente de synchroniser, tout entier soumis au poids du tronc. Il sait se retourner dans son lit, étape longuement attendue, et je ne devine pas encore s'il est sur le dos ou sur le ventre. Je l'entends pousser, s'essouffler comme s'il accomplissait un gros effort, tout entier concentré sur un objectif minuscule. Là il tend la main vers son pied et rien d'autre n'existe que la trajectoire trompeuse qu'il s'est fixée. Je longe la cloison sans respirer, je plaque mes omoplates contre le mur et avance, les paumes des mains caressant le papier peint. Ceci est un jeu, je retrouve le goût du jeu et la fatigue se dissipe. Je m'oublie, je me relâche et souris à l'idée de la joie sur le visage du bébé quand il me verra. Je souris et je sens comme j'anticipe la surprise à venir. Je retiens le rire qui monte déjà, je retiens mes bras qui vont porter, qui vont serrer, je retiens mes poumons qui vont se remplir de tout ce qui enivre.

Le garçon m'offre un parfum. Parfum veut dire mordre le cou et les épaules. Parfum contre table à langer. On en a marre d'avoir les mains dans le cambouis. Le corps qui porte et qui enveloppe, qui protège et ploie. Le corps-fabrique, gonflé, démantelé, doit renaître. Doit laisser le bébé pleurer derrière la cloison. La mère et l'enfant sont deux, un bloc ici et un bloc là, chacun sous son plafond, chacun chez soi. La mère s'allonge sur le dos, ouvre le pan de son peignoir et garde les yeux ouverts quand le père propose. De prendre et de donner. De marquer son territoire après la pagaille. La mère a peur d'être encore crapaud, avec tout ce désordre à l'intérieur. Comme moulée par un cubiste, courbes par-dessus tête. Mais les proportions nouvelles ne sont qu'une sensation, le mou qu'elle craint n'est même pas flou, les vagues vont se calmer vite fait. Elle apprend à laisser le garçon regarder la fille, qui pourrait bien être une femme. Elle apprend que mère ce n'est pas à plein temps et que père c'est rêver de respirer dans sa nuque, la poitrine collée contre son dos. Alors le garçon enjambe,

156

contourne, brûle, désosse, enlace, mâche, le garçon avance comme un chasseur dans la forêt, prudent et attentif, les sens aiguisés et la gourmandise aux lèvres. Il goûte et caresse, et j'ai l'impression que mon ventre est bambou, plus souple que j'imaginais, bercé plus que secoué.

Le grain de beauté est toujours là en haut de ma cuisse. Un matin au réveil, je l'écorche et il saigne. Il saigne et, mystérieusement, ça ne s'arrête pas. D'un coup je repense aux paroles du médecin. Ce grain de beauté qu'il faudrait surveiller et qu'on a oublié, elle et moi, obnubilées par la grossesse. À bien y regarder, je le trouve suspect. Je prends la mesure avec un double décimètre et, une semaine plus tard, je compare. Je deviens obsédée. Il semblerait qu'il ait tendance à s'étendre. La semaine suivante, je renouvelle l'opération mais je ne suis pas convaincue, la progression n'est pas franche, il serait plus simple de consulter. Le mois suivant, la tache grandit, se propage sur ma cuisse et ronge bientôt le tendre de la peau, gagne l'aine et rampe jusque sur les côtes. Je me réveille au moment où les taches arrivent sur mes mains comme les marques de vieillesse qui ont fini par fleurir sur les mains de ma mère. Je regarde le garçon qui dort à côté de moi et j'imagine qu'un jour son corps sera celui d'un vieillard, décharné et flasque, ramolli et épuisé.

Bientôt le bébé marche à quatre pattes. Pour être à sa hauteur, je m'accroupis, je m'agenouille, je me traîne au ras du sol. Après je m'installe pour empiler des cubes, je manipule des objets, clés, trèfles, carrés, que j'emboîte. Je m'assieds en tailleur par terre. Et puis je porte le bébé contre ma hanche côté droit, à présent parfaitement à l'aise avec le poids. Je l'installe dans le siège auto en une légère torsion du buste, je fais jouer les épaules et mon bassin pivote. Je trouve un équilibre nouveau. Je sais tout faire avec le bébé accroché à moi, allumer le gaz, essorer la salade, téléphoner. Monter l'escalier, enfiler mes chaussures, me brosser les dents. Il est comme incrusté, une excroissance qui s'agrippe, pour ne pas dire un parasite.

Le bébé a quatre dents et me tyrannise depuis sa chaise haute. Le bébé jette à terre les objets que je lui donne. Le bébé bouge la tête, il crie, raidit les jambes et le buste. Il se balance si fort que j'ai peur qu'il tombe. Il voudrait ne pas être là. Il n'est que bave, morve, larmes, joues gorgées de sang, je tourne autour, j'observe et je hausse le ton. Je fais les marionnettes et il donne des coups de pied. Je voudrais ne pas être là. Le corps du bébé emplit toute la pièce, yeux noyés, cheveux collés, doigts crispés. C'est une tempête dans la cuisine, un éboulement qui fait trembler les vitres. Je disparais de sa vue et les hurlements redoublent. Je pense à des coliques, des attaques dans le ventre, des parasites qui le rongent. Je pense à son mauvais caractère. Je pense à une crise existentielle. Ça doit faire mal de grandir.

Le corps du bébé est mon unique préoccupation. Chez le pédiatre, il est pesé, mesuré, palpé, sondé, dépisté. Le carnet de santé est mon outil, le pédiatre y inscrit chacune de ses interventions. À la page 9, j'apprends que l'accouchement était eutocique, ce qui veut dire normal. Je vérifie ce que signifie score d'Apgar, du nom du médecin américain Virginia Apgar, qui a évalué les cinq points que sont le rythme cardiaque, la respiration, le tonus, la couleur de la peau et la réactivité. Je passe en revue les colonnes «test» et dépistage. J'apprends que «fémorales perçues» est bon signe, et que «splénomégalie» doit être négatif. Je comprends que le périmètre crânien est l'indice par lequel toute anomalie est révélée. Penser au test neuroblastone pour le prochain rendez-vous, le cancer le plus fréquent chez l'enfant de moins d'un an.

Sur la première page du carnet de santé, un dessin et un slogan : trois mois au sein, dix fois moins d'infections. Bon.

Une femme qui a enfanté peut se voir poser un stérilet. Elle va accepter qu'un objet soit déposé dans son utérus et provoque une inflammation des muqueuses pour éviter que l'ovule fécondé y trouve refuge. C'est malin. Le système aurait été inventé par les Égyptiens que ça ne m'aurait pas étonnée, eux qui ont conçu une pince à épiler qui a traversé les millénaires. Mais non, l'objet a été imaginé en 1928 par le médecin Ernst Gräfenberg (qui donna son initiale au point G), et je ne comprends pas, du coup, pourquoi les femmes n'en ont pas bénéficié plus tôt.

Je veux sortir, courir, redevenir comme avant, oublier les choses de femme, les préoccupations de mère. Je veux recommencer à boire, à manger n'importe quoi, à fumer et danser. Que le désordre me gagne à nouveau, laisser de côté l'obligation de la vie saine. Je ne veux plus me concentrer sur mon poids, mon pouls, ma silhouette. Je voudrais être un père plutôt, qui monte sur sa moto, comme le garçon, qui met un coup de kick pour démarrer, qui enfile le casque et disparaît au bout de la rue.

Je montre du doigt, les cailloux, les fourmis, les pommes de pin. Je marche avec le bébé sur les chemins. Je piétine les feuilles pour qu'il les piétine, je regarde mon reflet dans les flaques pour qu'il regarde son reflet dans les flaques, je siffle quand je vois un oiseau. Je fais meuh, je fais hi-han, je bats des ailes, je butine. Je suis

160

un canard, un singe hurleur, je suis une araignée géante, une souris qui vole le fromage. Je me gratte le flanc comme un chien, je déchiquette la viande avec ma mâchoire de lion, je miaule et fais le dos rond.

Le bébé n'est plus un bébé mais un gars qui arpente le monde en bottes en caoutchouc, qui ramasse des coquillages et persécute les petits crabes. Un kid qui transperce les méduses avec son bâton, coupe en deux les vers de terre, mâche le trèfle et l'herbe à vache. C'est un enfant du tonnerre, de la pluie, de l'arc-en-ciel, un mec de la boue, de la gadoue. Un gosse qui court, jamais ne marche, qui trébuche et qui tombe. Un gamin qui se cogne, qui glisse, qui désigne tout ce qu'il voit. Marche et parle, moulin à paroles. Qui se nomme et dit Yoto. Puis Yoto dort, comme débranché, dort dans la voiture, sur le dos de son père, sous le parasol.

Ma mère demande des nouvelles de Yoto mais elle n'écoute pas. Elle a la voix enjouée que je n'aime pas. Puis, avant de raccrocher, elle dit que mon père maigrit, mon père ne mange plus. Il a mal au ventre. Il ne sait pas désigner, l'abdomen ou l'estomac, et parfois la douleur remonte au plexus. Elle minimise, plaisante un peu. Elle enchaîne, dit que, pour l'instant, les examens ne décèlent rien, dit encore qu'on ne va pas s'inquiéter avant de savoir. Nous nous parlons sans oser prononcer les mots qui effraient. Je ne pose pas les questions que je voudrais poser. Je tente de rassurer, j'invoque la fatigue, le surmenage, le manque d'effectifs dans le service. Ma mère dit que le médecin l'a arrêté quinze jours, c'est une première, lui qui ne se plaint jamais. Puis elle revient à Yoto. Est-ce que l'ensemble en éponge qu'elle lui a confectionné lui va ? Nous parlons de Yoto encore un peu parce que nous ne pouvons plus parler de mon père. Nous parlons des arbres fruitiers dans leur jardin, de la haie qu'il faudrait tailler, mais justement avec mon père qui est couché, tout devient compliqué. Quand je raccroche, je regarde Yoto qui ne vit pas dans le même monde que moi, occupé à incruster de la pâte à modeler entre les lattes du parquet.

Le médecin me prend le pouls, compte les pulsations tout en écoutant ce qui se passe dans mes poumons. Il veut savoir comment je me sens. Me demande de tousser, de me retourner, d'inspirer. Le médecin me demande si je fais du sport, et je mens, je dis que oui je marche, je cours, je vais à la piscine. Je ne sais pas pourquoi je mens, je suis persuadée que je vais reprendre le sport bientôt, peut-être même m'inscrire dans une salle de gym.

Tout brille, le poil des animaux, les écailles, les plumes. Tout surprend, les nuages et le vent. L'ombre devant, puis derrière, qui valse et qui échappe, incompréhensible. Tout est gai et léger. Le monde est en relief, perpétuellement animé. Il faut des poches dans les vêtements, que l'on remplit de cailloux, de bois, de brindilles, d'éclats de verre polis. De billes et de plastique, de hannetons morts, de laine de mouton, de paille, de goudron. Le monde devient particules, concret et minuscule, il tient dans la main. L'appartement se change en cabinet de curiosités, en vivarium, puis en dépotoir. À genoux sur le parquet, je trie, je fais des tas. Quand je n'ai plus la place de mettre les pieds, je dissimule puis remplis la poubelle. Je renvoie tous ces débris d'où ils viennent, hors de la maison. Yoto attrape les scarabées, élève des escargots, observe les fourmis qui transportent des miettes. Il touche l'épine du cactus, la chaîne du vélo, la merde du chien. Il plonge les mains dans l'eau de vaisselle, déclenche une tempête dans la baignoire. Il met à la bouche le stylo-feutre, il goûte le mimosa. Il mord dans la bougie, mâche le papier journal. Il sort sa langue noire, jaune ou verte. Il lèche le miroir, mordille le bois de la bibliothèque. Il boit l'eau de la mare. Il aime la boue et la gadoue. Il ne connaît pas le propre et le sale, il ne ressent pas de dégoût. Seuls mon visage et mes cris lui disent ce qui se fait et ce qui est interdit.

163

Yoto escalade son lit à barreaux et tombe sur le menton. Yoto percute un cycliste sur les berges du fleuve. Yoto se prend un mur en trottinette. Yoto s'ouvre le crâne contre la table du salon. Nous connaissons le service des urgences, ses horaires, son fonctionnement, y compris les nuits et les jours fériés. Les accidents domestiques sont sur toutes les bouches, dans tous les journaux. Inhalation, absorption, chute, empoisonnement, brûlure. Je ne comprends pas comment on peut mettre les doigts dans la prise au point de s'électrocuter. Je tourne la queue de la casserole d'eau bouillante, je ferme la fenêtre, je déplace la Javel. Et j'écrase les doigts de Yoto dans la porte, j'entends les os qui craquent, la chair qui explose, je perds connaissance. Quand je reviens à moi, Yoto, à califourchon sur mon buste, badigeonne mon visage et mes cheveux avec son sang.

Ma mère pense qu'il serait temps de supprimer les couches, ma mère dit qu'avant les enfants étaient propres à un an, ma mère me désespère. On n'emmènera pas de couches en vacances. Les choses se feront d'elles-mêmes. Yoto est sur la bonne voie, depuis l'hiver il émet des signes encourageants. La maison est isolée au bout d'un chemin, c'est avril et les cerisiers sont en fleur. Le premier réveil est tendu mais encore plein d'espoir, Yoto a pissé. Je lave la

164

turbulette (sac de couchage ajusté au corps et confectionné par ma mère) et l'étends sur le fil derrière la maison. Avril est un mois de pluie en climat tempéré. Nous l'avions oublié. La maison n'est pas chauffée et la turbulette ne sèche pas. Le réveil du deuxième matin est tendu, Yoto a pissé. La turbulette est mouillée et souillée. La pluie redouble. Le réveil du troisième matin est tendu, Yoto a encore pissé et mon impatience grandit. À chaque instant de la journée, on demande à Yoto s'il veut aller sur le pot, avant le repas, après la sieste. Nous sommes obsédés par le pot. Obnubilés et ridicules. L'avant-dernier jour arrive et il faudrait trouver des couches, nos nerfs sont à vif et nous sommes épuisés. Mais le premier village est loin et je ne veux pas renoncer. Yoto commence à tousser, le garçon me reproche mon entêtement. Je hausse le ton et oblige mon fils à rester sur le pot jusqu'à ce que ça donne quelque chose. Quand il pisse enfin c'est une victoire. Quand il pisse ensuite dans le siège auto c'est une déception si grande que je commence à penser que c'est moi qui ai un problème. Ou que j'ai un problème avec le regard des autres.

J'entends le mot psychomoteur, dans la bouche du pédiatre, à l'école maternelle, dans les débats télévisés. Développements physique, psychomoteur et sensoriel sont les valeurs autour desquelles les parents se crispent. L'enfant voit-il

bien ? Entend-il suffisamment ? Parle-t-il cor-
rectement ? Marche-t-il normalement ? A-t-il
les bons réflexes et les bonnes réactions ? Se
plie-t-il à l'autorité des adultes ? Est-il capable
de dormir seul dans sa chambre ? Mange-t-il
avec des couverts ? Sait-il attendre son tour au
toboggan ? Ne souffre-t-il pas de strabisme ? J'ai
peur des parents qui assènent les performances
exceptionnelles de leur enfant. Tous les parents
pensent que leur enfant est en avance. Tout est
toujours incroyable. Les mimiques, incroyables,
les assemblages de mots, incroyables, les attitudes, l'intelligence surtout, la vivacité d'esprit.
C'est la période où les parents font des photos.
Pour se souvenir que son buste était celui d'un
bouddha si harmonieusement proportionné, puis
d'une libellule fragile, habillé d'un short et d'un
polo trop larges. Pour se souvenir que le corps
de leur enfant était si attendrissant. Pour être
sûrs que ses yeux étaient emplis d'une malice
hors du commun, d'une présence jamais perçue
chez d'autres. Pour ne pas oublier la grâce de son
sourire et sa fossette inimitable quand il monte
sur le dos du chien. Les parents mitraillent, se
délectent, s'approprient la rondeur des épaules,
le grain de la peau si délicat, le rebondi des
fesses, et ces détails sont d'autant plus émou-
vants qu'ils sont provisoires et se changeront,
au fil du temps, en une carcasse faite de lignes
moins joliment dessinées, aux proportions de

166

plus en plus désobligeantes. Mais le corps n'est que maillage avec l'esprit, et les parents n'ont de cesse de stimuler le cerveau de leur progéniture, dans un besoin éperdu d'être rassuré, puis aussi flatté. Certains espèrent que leur enfant saura lire avant d'aller à l'école. Certains montrent comme leur petit d'homme sait déjà écrire son nom, mais passent sous silence qu'il met autant de temps à reconnaître les couleurs.

Les photos sont l'occasion d'aller voir ses propres photos d'enfance, quand on marchait à peine, puis quand on portait des tresses et un ensemble jaune cousu par la mère. Les photos sont démodées, forcément, les rubans trop voyants dans les cheveux et les chaussures austères. Les photos, j'aime les montrer à Yoto sans savoir s'il comprend quelle est cette silhouette de fille prise au flash avec une couronne des rois sur la tête. Je n'aime pas les nus réalisés par mon père et mon oncle, moi sur le dos puis sur le ventre, sur un pouf berbère ou dans une baignoire en plastique, tout en bourrelets compliqués et en double menton, sans cou ni poignets, tout en chair boursouflée et en joues de trompettiste. Je feuillette et avance, retrouve mes quatre, sept ou dix ans, ma blouse d'école, mon air de sainte-nitouche, et me sautent aux yeux la tristesse du regard, la confiance et l'espoir qui passent malgré tout sur le visage, et j'espère que

Yoto ne grandira pas avec une marque de mélancolie aussi visiblement imprimée sur les traits.

Je ne sais pas comment m'habiller. J'ouvre les portes du placard et reste sans désir, déplie et replie les pull-overs dont la laine peluche, j'évalue les jupes et rien ne me tente, je suis fatiguée du noir et du gris. Je n'ai pas de chaussures qui conviennent, je dois renoncer aux pantalons dont je ne peux plus fermer la braguette. J'ai envie de couleurs et de formes nouvelles, j'ai envie de devenir quelqu'un de nouveau. Mais pour l'instant les vêtements que je porte dissimulent plus qu'ils ne révèlent, je superpose, je floute, j'enrobe.

Yoto grandit et est parfois malade : laryngite, bronchite, angine érythémateuse, trachéite, rhino-pharyngite, otite, varicelle, gastro-entérite. Faut-il donner à l'enfant des antibiotiques, faut-il qu'il ingère du Clamoxyl plusieurs fois dans l'année ? Mes amies me disent des horreurs, mes amies préfèrent emmener leurs enfants chez l'homéopathe. Mes amies me disent que les antibiotiques, une fois expulsés dans l'urine et les selles, vont polluer le fleuve et les nappes phréatiques, ne sont jamais dissous et reviennent nous hanter dans l'eau qu'on boit au robinet, contaminent les vaches qui paissent et les cochons qui mangent des céréales. Mes amies me désignent comme responsable, me prédisent un enfant affaibli, accoutumé et donc moins résistant, et aussi en proie aux allergies, aux nausées, aux diarrhées, aux ballonnements, aux candidoses, à la surdité, aux tendinites. Mes amies font des tours de passe-passe avec cinq granules et cela est tentant. Je suis sûre que mes amies ne me disent pas tout.

Yoto joue avec son père. Voitures, train, camions, routes, travaux publics. Il aime ce qui s'ouvre et se ferme. Portières, poulies et capots sont manipulés du bout des doigts. Ça claque parfois dans sa bouche. Il aligne les engins de chantier au pied du canapé et manipule les bulldozers sans délicatesse, une fois en avant, une fois en arrière. Il aime les bruits de moteur, qui grondent depuis le fond de sa gorge. Les accélérations, les dérapages et les virages pris au cordeau s'enchaînent jusqu'à provoquer des accidents. Le père et le fils sont à genoux sur le parquet, concentrés, les épaules voûtées et la nuque en alerte. Yoto oublie son chantier et grimpe sur le dos de son père, l'étrangle en se suspendant à son cou, puis les deux roulent à terre, s'affrontent sur le tapis du salon. La fin de l'après-midi est occupée à se battre, s'empoigner, se jauger, se frotter, se saisir, se pousser, s'ébouriffer, se griffer, se caresser, se toucher. Puis les garçons se font mal, inévitablement, une main dérape, un tibia est percuté, ça ripe, ça échappe, et les cris emplissent l'appartement.

Yoto prend la pelote de ficelle dans le tiroir et trace des trajectoires dans la cuisine. Il dévide le fil, l'enroule au dossier des chaises, qu'il relie à la poignée du réfrigérateur, puis du placard à balais. Il poursuit avec le loquet de la porte, fait le tour des pieds de la table et revient à angle droit vers le tiroir du buffet. Il entreprend un deuxième tour, puis un troisième, jusqu'à condamner toute issue, comme une araignée tisse sa toile, puis prend également la jambe de son père qui passe là, et celle de sa mère qui piétine devant l'évier, les liant dans un même écheveau.

On peut jouer avec une ficelle et ses dix doigts. Si on s'aide de la bouche, on peut construire une tour Eiffel, un viaduc ou une étoile à cinq branches. Avec une serviette de table, on peut confectionner une paire de seins. Avec une feuille de papier, on peut construire un bateau, qui coule bientôt dans l'eau du bain, ou un chapeau, ou un avion qu'on projette dans les airs. C'est le père qui sait plier, qui connaît les astuces et les proportions. C'est un miracle de savoir se servir de ses mains. De comprendre où il faut presser, saisir, lisser.

Quand nous rendons visite à mon père, il ne se plaint de rien. Il est assis dans le canapé devant un match de rugby, alors que je l'ai toujours vu ne regarder que le football. Je m'étonne qu'il ne profite pas du jardin, avec toute cette lumière. Il dit que les arbres se débrouillent tout seuls, que les feuilles poussent sans lui. Je demande s'il ne doit pas passer la tondeuse bientôt, je n'ose pas proposer que le garçon s'en charge. Il dit qu'un marteau vient de tuer un voisin qui faisait trop de bruit avec sa tondeuse. Que ses collègues ont failli se faire tirer comme des lapins eux aussi quand ils sont arrivés pour arrêter le type. Je demande à mon père pourquoi il porte son arme quand il n'est pas en service. Il répond sans me regarder, et comme pour me moucher, que ça lui tient chaud. Je l'invite à marcher jusqu'au bout du chemin, on pourrait aller jusqu'au pont pour voir passer les trains. Il dit qu'il connaît le chemin par cœur, que les trains il n'a plus l'âge. Nous ne parlons pas de ses douleurs, de ses résultats d'analyses, nous ne parlons pas de l'inquiétude, nous feignons d'ignorer sa silhouette amaigrie, ses yeux fatigués. Et puis, dans un élan, il dit : « Ah ah, ne rien faire m'a donné faim ! »

L'école est au bas de la rue. Nous sommes en retard parce que j'apprends à Yoto à faire ses lacets. Je suis toute avec lui, je l'entends souffler, forcer, je vois les doigts qui ne parviennent pas à se synchroniser, dérapent, puis je sens l'énervement qui monte, et Yoto renonce.

171

C'est comme l'apprentissage de la marche, je sens la volonté, la persévérance, l'élan, et puis la déception, la frustration, l'énervement. Et l'incapacité de l'adulte à transmettre l'exactitude et la fluidité du geste, la tristesse de l'adulte devant l'échec provisoire de l'enfant. Nous tenant par la main, nous courons en nous laissant porter par la pente, légers mais pressés. Je dévale ensuite les escaliers entre les immeubles, jusque sur les berges du fleuve, puis je cours quand j'aperçois l'autobus, déjà bondé. Je reste debout, collée contre les autres, le bras tendu en l'air, qui cramponne la barre, et cette sensation d'inconfort mêlée à la chaleur qui bientôt m'indispose confère à mon corps une réalité dont je me passerais bien. Je tente d'orienter mon regard là où personne ne croise le mien, et d'ignorer les visages tout proches. L'objectif est de ne pas voir, ne pas entendre, ne pas respirer, ne pas sentir, ne pas effleurer. Les matinées commencent par un endormissement volontaire des sens, comme un prolongement du sommeil à la verticale. Un exercice que je pratique avec plus ou moins de radicalité, plus ou moins de constance. Il arrive que je laisse les yeux d'un jeune homme se planter dans les miens, ou le sourire d'une dame susciter ma complicité.

L'escalier de la librairie craque sous mes pas, je travaille au premier étage parmi les livres d'art, lourds et pleins d'images, et je me déplace sans que le parquet trahisse ma présence. Par idéal et par jeu. Je préfère ne pas peser, ne rien imprimer dans le sol de ma masse et de mon humeur. Je glisse le long des cloisons, je me fais oublier. Il me plairait de ne pas avoir de corps, de n'avoir ni épaisseur ni apparence. Je marche comme avant sur la poutre, ma trajectoire est nette et silencieuse. Je monte sur l'escabeau, les bras chargés et la nuque tendue, puis je fais attention de ne pas rater une marche en redescendant. On me reproche souvent ma prudence. C'est vrai que je prends garde à ne pas tomber, à ne pas glisser sur un mauvais raccord de moquette. Je crains les chutes, les affaissements, les ratés. Je crains les dislocations, les épanchements, les luxations.

Ce matin encore je ne sais pas comment m'habiller. Je n'ai pas beaucoup de temps, je vis les matinées comme un désordre. Il faut habiller Yoto aussi, préparer le petit déjeuner, synchroniser la toilette – la sienne, la mienne – dans la salle de bains pleine de buée à la suite du garçon tout juste parti au travail. J'hésite, j'enfile une jupe noire, un chemisier noir, j'enlève le chemisier pour passer un pull beige plus chaud, j'enlève la jupe pour choisir un pantalon noir en maille, qui sera plus pratique pour déplacer les cartons à la librairie. Puis j'enlève le pull, trop épais, et remets le chemisier noir. Frustrée, résignée.

173

La nuit, Yoto se réveille à cause d'un mauvais rêve. Ses jambes sont prises dans la benne d'un tractopelle. Il appelle, il crie, il dit que ses genoux sont coupés. Quand je le prends contre moi, il raidit ses cuisses qu'il refuse de bouger. La douleur continue de l'assaillir et il ne peut poser les pieds par terre. Je le porte et la sensation de déchirure me gagne aussi, mes jambes me font mal et j'avance avec difficulté sur le parquet du salon. Yoto est chaud et toujours en larmes, rien ne l'apaise malgré mes paroles rassurantes. Les images du tractopelle lui arrachant les chairs tournent en boucle dans sa tête. Je finis par entrer dans ma chambre avec Yoto accroché à mes bras, puis par le poser sur le lit, c'est-à-dire près de son père. Qui bouge et interroge, qui grogne puis proteste. Le corps de l'enfant dans notre lit ? C'est une première fois, une exception, un cas de force majeure. C'est inconcevable, presque un tabou. Auprès de son père, Yoto se calme et tombe bientôt dans le sommeil, ses jambes collées contre les siennes.

Je décide de reprendre le sport. Reprendre n'est pas le mot qui convient puisque, depuis que j'ai arrêté la gymnastique à seize ans, je n'ai rien pratiqué. Je ne sais pas ce qui me plairait. Je n'aime pas le jogging, je n'aime pas la piscine. Être dans une salle me motiverait davan-

174

tage, entourée de matériel et d'agrès, et surtout évoluer sur un praticable de caoutchouc. Je veux bien faire du rameur, le mouvement me semble harmonieux, complet, et tellement fluide. Par contre, avancer sur un tapis roulant ne m'intéresse pas, je crains la sensation de l'éternel recommencement, comme la roue du hamster. C'est pareil pour le vélo, grimper une fausse côte me frustre. Grimper une vraie côte ne m'excite pas davantage. Je vais y penser, je vais me renseigner, je vais passer à la salle sur les quais pour prendre les tarifs. Je verrai.

Nous installons le poisson gagné à la fête foraine dans un bocal. Nous le nourrissons et le surveillons distraitement. Nous ne lui donnons que quelques flocons, sinon son ventre gonflerait, puis éclaterait, puis le poisson mourrait. Changer l'eau du poisson est un moment risqué. Il faut l'attraper avec l'épuisette, le transvaser avant qu'il s'asphyxie. Le poisson meurt malgré nos soins, après être passé par toutes les couleurs – rouge, orange puis jaune pâle. Je ne sais quoi faire du poisson mort, je n'ose pas le jeter ni dans les toilettes ni à la poubelle. Je ne sais pas comment l'annoncer à Yoto. Pour me donner le temps de réfléchir, je le conserve dans le bac à glace du réfrigérateur. Yoto finit par comprendre, la maladie, la mort, l'absence du poisson. Puis il veut savoir si la mort détruit le corps. Je sors le poisson du bac à glace, raide mais intact. Yoto n'est pas ému, ni étonné. Il le prend entre ses mains pour le réchauffer et annonce que, lorsqu'il commencera à bouger, il le remettra dans l'eau du bocal.

Les poux sont dans les cheveux malgré les précautions. Les poux sont dans l'école, à tous les étages, dans les têtes et les capuches. La lotion en pharmacie coûte cher. Yoto penche la tête au-dessus du lavabo. Je sens qu'il a peur. J'inspecte chaque mèche et n'ose pousser un cri quand apparaissent les parasites aux dimensions effrayantes. Avec le peigne, je les fais tomber dans le lavabo, puis je les noie sans état d'âme. Yoto pleure quand il comprend ce qui court sur sa tête. Je ne veux pas raser les boucles longues, je préfère la patience et l'acharnement. Mais l'ennemi redoutable, ce sont les lentes, c'est écrit sur la notice, il est impossible de les déloger. La semaine est réservée à la traque des poux, matin, midi et soir. L'enfant se gratte et l'on ne sait plus si c'est un réflexe ou une nécessité. Puis tout le monde se gratte dans l'appartement. La tête mais aussi la nuque, et les bras, puis bientôt le ventre et même le haut des cuisses.

Un nouveau grain de beauté s'installe dans mon dos, je ne le sais pas. Il est placé entre les omoplates, à l'exact endroit où les doigts

176

ne peuvent accéder. C'est une zone étonnante, totalement interdite, qui ne couvre pas plus de dix centimètres carrés. Pendant mon sommeil, le grain de beauté se répand et tisse comme une toile de tissu ajouré. Quand je me tourne sur le dos, j'en ressens l'épaisseur et la complexité du maillage, si bien que cette position m'est défendue. Je ne peux ni toucher, ni apercevoir, ni comprendre quelle trame boursoufle ma chair. Puis le maillage s'étend, s'épaissit jusqu'à durcir et former une carapace de plus en plus compacte qui vient buter contre mon cou et me contraint à ne me déplacer qu'en rampant. Puis j'étouffe et m'agite, enfermée comme dans une boîte, je suffoque et me réveille enfin.

La dermatologue mesure les dimensions de la petite tache apparue dans mon dos. Dans la salle d'attente sont punaisés des dépliants proposant différentes chirurgies esthétiques. Avec les photos de femmes avant et après. Je ne sais pas si la dermatologie et la chirurgie esthétique doivent se fréquenter, j'en suis même étonnée. Mais je sais qu'un jour ma dermatologue me regardera avec un air pénible et me dira que c'est dommage ces rides près de la bouche, et la peau qui s'affaisse sous le menton. Et ces paupières qui tombent. Un jour elle fera un dessin sur le coin de son bureau, avec des flèches qui indiqueront la façon dont elle pourra remonter les chairs, injecter du tonus dans les tissus et sans doute même remodeler les lèvres. Je comprends pourquoi son visage m'a toujours semblé hors d'atteinte, comme celui d'une poupée dont les yeux clignent sans qu'aucun trait bouge. Sous sa blouse, je ne vois pas ce que son corps dit de son âge, je n'ai accès qu'à cette tête redessinée, solidifiée dans une moue pulpeuse mais un peu ratée.

Yoto essaie de pisser debout en tenant sa verge entre les mains. Il écarte trop les jambes mais la position est aussi celle du cow-boy qui dégaine dont j'imagine qu'elle est une posture de l'éternel masculin. Le jour où son père, sur la plage, enfile son jean après la baignade, sans avoir mis de slip, il reste bouche bée. Le jour où, ayant oublié son maillot de bain, je lui propose de se baigner nu, il réagit comme si je le trahissais. Je ne sais d'où lui vient cette pudeur, ce qui fait que, subitement, le regard des autres n'est plus supportable. Le voilà qui se tourne, qui se protège, qui s'isole.

Quand le père accompagne l'enfant à l'école, j'observe par la fenêtre les deux silhouettes qui marchent côte à côte sur le trottoir. Et me frappe la similitude de l'allure et de la démarche, la façon dont le rythme imprime les pas. Le dos très droit, le balancement des hanches, la maigreur bien marquée chez le père et déjà en devenir chez le fils. Quand l'un se déshabille, je perçois les lignes de l'autre, les angles qui se dessinent et se superposent en un calque troublant. Le tombé des épaules et l'inclinaison du cou attirent l'attention, le tracé de la colonne vertébrale, légèrement cambrée, et l'étroitesse du bassin me font sourire tant on peut parler de réplique. C'est drôle quand le fils imite le père qui fume une cigarette, les genoux croisés sur une chaise, la tête penchée, le poignet désinvolte et le geste féminin. Jusque dans la façon de repousser la mèche de cheveux qui tombe devant les yeux.

Le garçon fume mais pas plus d'un demi-paquet. Le plus souvent, il est debout face à la fenêtre ouverte, il regarde ce qui arrive au-dehors. C'est une image tenace, celle de la silhouette qui se découpe à contre-jour, la jambe droite passée devant la jambe gauche, les fesses là-devant. Un demi-paquet c'est ce qu'il faut pour ne pas en mourir, ce n'est pas un calcul, c'est un rythme, un confort. Un style, une élégance. Parfois, je lui prends une cigarette, le soir, quand le calme surgit, quand nous voulons être ensemble lui et moi, sans pour autant nous lancer dans une conversation.

Le masculin prend de plus en plus de place dans l'appartement. Je suis en minorité et cela me convient. L'attitude des garçons n'est pas

mon attitude, ou pas tout à fait. Je n'ouvre pas
la porte comme les garçons, je ne monte pas l'escalier en courant, je ne m'agenouille pas au sol
pour refaire mon lacet. Je ne cherche pas dans
ma poche l'argent du pain, je n'attache pas mon
foulard comme un Dalton. Je ne porte pas de
ceinturon (le père) ni de bretelles (l'enfant). Je
ne me mouille pas les cheveux quand je prends
une douche. Je ne laisse pas la porte de l'armoire
ouverte. Je ne ronge pas aussi goulûment les os
de poulet. Cela me fait du bien d'avoir sous les
yeux des corps de garçons, bruts et fragiles, durs
et piquants, même si l'enfant n'est encore que
douceur dans ses gestes les plus rebelles.

Ce n'est plus mon corps que Yoto convoite
mais celui de son père, autour duquel il gravite
désormais. Il observe comment on se tient sur
une moto, comment on démarre, comment on
attache le casque sous le menton. Il veut savoir
comment on change une ampoule, comment on
rase la barbe sur les joues. Mon corps à moi est
celui qu'on peut regarder, sans doute rassurant
et divertissant, intrigant peut-être, comme une
chose qui bouge parfois en couleurs, avec des
cerises qui pendent aux oreilles et des nouilles
peintes autour du cou, une chose qui va et vient
sans bruit, qui touche de ses mains le front de
l'enfant et sa nuque, qui caresse, qui réchauffe,
qui pose sa bouche sur les joues et les tempes.

Mais les mains s'emballent aussi, quand la colère monte, les mains sont capables de choses affreuses, comme saisir le biceps encore tendre, maintenir le corps frêle contre le dossier de la chaise, les mains de la mère sont capables de taper sur les mains de l'enfant qui jette ou qui gâche ou qui détruit, les mains de la mère sont impatientes et imprévisibles et il arrive qu'elles s'abattent sur les cuisses de l'enfant, d'un coup sans prévenir, et que les cerises volent en l'air, sans que personne ait rien vu venir, sans que personne ait décidé si ce geste devait exister.

Je dis qu'il ne faut pas, je dis que Yoto n'a pas le droit, je dis que j'interdis, je dis et je redis. C'est comme s'il n'entendait pas. Mon visage dit pour moi, mes traits se durcissent, mes sourcils se froncent, mon regard se fige. Mes lèvres deviennent fines et moches. Mes cheveux tombent et accrochent. Mon ventre crispé déforme ma figure, comme un muscle trop tendu. Le vulgaire me gagne mais j'agis à huis clos, mes épaules prennent le relais et quelque chose devient électrique dans ma synchronie nouvelle. Ma voix se transforme et c'est un ton inédit qui porte mes phrases, ou plutôt mes bouts de phrases, d'où percent des aigus et des accents toniques inventés. Je deviens ennemie de Yoto pendant plusieurs minutes, je le contre, le repousse, je le combats. Je mets un écran entre lui et moi et quand mes bras traversent l'écran, c'est pour le brusquer. Je me laisse aller, je déborde, je provoque le désordre. Je fixe la limite, seul mon corps peut faire barrage quand les paroles ne suffisent pas. Après j'ai le cœur qui bat et les tempes en sueur. Après je regrette d'avoir imposé ma volonté en mettant dans la balance mon poids de chair.

Mon visage est-il visible ? Je ne sais ce que Yoto peut y lire. Depuis qu'il est né il apprend à déchiffrer la joie, la surprise, le mécontentement, la déception, la colère. Il a fini par interpréter chacune de mes mines, de plus en plus finement. Il ne s'agit pas de comprendre simplement ce qui est bien et ce qui est mal. Il détecte les signes plus ambigus, les moues dubitatives. Je ne montre pas à Yoto quand je suis triste, je ne le laisse pas percevoir le chagrin qui m'oppresse quand j'apprends que Robi, perdu de vue depuis plusieurs années, s'est jeté du cinquième étage. Je me compose un visage faux et rassurant, une image lisse qui nous protège. Je fais comme si nous vivions dans un monde de légèreté, dans lequel les poissons et les amis d'enfance ne meurent pas. Je laisse les images des dessins animés se répandre dans la maison, les silhouettes des personnages bouger sur l'écran, au cœur d'un univers gentil et coloré. Même si Yoto comprend la figure triste du clown, la mélancolie de la Petite Sirène et apprend avec Pinocchio la solitude et la terreur d'un corps de bois. Ainsi que le mensonge et le nez qui s'allonge.

Je m'entends mentir et mon père sait que je mens. Il fait comme si tout allait mieux et je suis complice, mais ma mère lâche son poids, soixante-deux kilos, comme un coup de feu. Je suis obnubilée, ces derniers temps, par la robustesse disparue de mon père, son ventre redevenu si plat, ses joues comme aspirées de l'intérieur. Mon père dit que la maigreur retrouvée lui convient, c'est juste la fatigue qu'il ne comprend pas. Il demande à sa fille s'il lui plaît avec sa ligne de jeune homme. Il ne parle pas de la gorge souvent serrée, du plexus oppressé. Il doit admettre que même son «pétard» pèse lourd. Il dit que, pour l'instant, il est au fond de son armoire dans une mallette en fer. Il fait comme s'il allait s'en servir demain.

Au milieu de la nuit, Yoto appelle. Il est assis dans le lit, brûlant, les joues, la poitrine, le front, les fesses. Thermomètre, gant de toilette mouillé, panique, pleurs. Plus de trente-neuf degrés, mon cœur pompe à toute allure. Il est contre moi, braise incandescente. Il faut agir, vite, Catalgine dans un verre d'eau. Mais Yoto ne veut pas ouvrir la bouche, il se débat, il refuse le médicament. Méthode douce, paroles douces, paroles de plus en plus fermes, qui risquent de déraper, et faire couler un bain pendant ce temps. Nous sommes trois dans la cuisine, le père tente d'ouvrir la bouche de l'enfant. Rien d'autre n'existe que la bouche de Yoto qui reste fermée, les dents de plus en plus serrées, et le corps qui se débat. Renouveler le gant de toilette froid, supplier l'enfant, avoir l'idée du suppositoire. Armoire à pharmacie, allonger l'enfant, panique, s'y mettre à deux pour le maintenir, faire le geste pour la première fois, concentration extrême comme s'il s'agissait de l'ablation de l'appendice. Celui qui opère, celui qui maintient et rassure, celui qui agit, celui qui caresse. Le bain est à la bonne température, on peut y plonger l'enfant pour que l'eau à trente-sept degrés refroidisse le corps. Il faut encore rester à côté, jouer avec Yoto, qui, malgré la fièvre, vise une tortue aquatique avec son fusil à eau, faire comme si tout allait bien, s'intéresser aux canards en plastique alors qu'il est trois heures du matin. Il faut rester à genoux sur le tapis de bain, tendre les bras vers Yoto, presser une éponge sur ses épaules, observer chacune de ses réactions, être sûr que la fièvre ne provoquera pas de convulsions comme chez son cousin du même âge. Sortir l'enfant de l'eau, dégoulinant et plus lourd que jamais, l'envelopper dans une serviette, le sécher, remettre le maillot de corps mais pas le pyjama, l'allonger dans son lit à nouveau, et prier pour que la fièvre diminue et pour que Yoto s'endorme.

Aucun des jouets de Yoto ne m'attire sauf les Lego dont je découvre, à plus de trente ans, l'infini des possibilités. La netteté de leur coupe me plaît. J'ai une dilection pour les angles droits. La matière aussi me va, un plastique ni trop mou ni trop dur, qui tient dans la main sans que les arêtes blessent. Et la taille, parfaite, convient à mes paumes. Ergonomiques, les Lego. Mais le plaisir vient de la façon dont les pièces s'emboîtent – certes leur principal atout –, de la façon dont il faut presser pour que les surfaces se fixent l'une à l'autre et créent un bloc de plus en plus robuste, modulable à souhait. J'aime cette matière qui tient, l'imbrication solide et rassurante. Les Lego donnent confiance, ce qui est acquis ne menace pas de s'effondrer, comme ces tours en Kapla qui m'angoissent à force de s'affaisser sur le parquet dans un vacarme agressif. Le Lego est la matière pour construire, on se voit avec des briques dans les mains, stables et solidaires, pour se protéger contre le loup.

Avec son père, Yoto visse un écrou, allume un briquet, plante un clou dans la cloison de la salle de bains. Il dénude le fil électrique, le glisse dans le domino. Il scie de minuscules baguettes de bois, souffle sur la sciure répandue au sol, il cherche un tournevis. Il est assistant, il est second et mouche du coche. Il fait bouger chacun de ses doigts, il presse ici et tourne là. Il est dans le détail, le tout petit bricolage, gestes précis, objets délicats, c'est comme passer le fil dans le chas de l'aiguille. Il fait des nœuds qui ne tiennent pas, des assemblages qui flottent. Il ne rechigne pas devant les matières salissantes, le cambouis, les chiffons saturés de graisse, la peinture qui a coulé. Il maintient, il fixe, il cale. Il allume et il éteint. Souvent il ne sert à rien mais il regarde comment on manie le manche et la pointe, la lame et le levier, comment on enroule et disjoint, comment on colle. C'est instinctif, pour tordre et dévider, il faut le pouce, toujours, l'outil intégré, l'indispensable pince.

C'est son père qui va chercher Yoto à l'école. Détour par le garage, bricolage, encore, sous la lumière artificielle, à genoux sur le béton. Le père souffle sur les doigts gelés de l'enfant qui a perdu ses moufles. Ils racontent au repas du soir des histoires de clé de douze, pour m'épater, pour me tenir à l'écart.

Yoto tape sur les touches du synthétiseur et met en route la boîte à rythmes. La machine s'emballe et le père soupire, pas content. Parfois il lui permet de jouer, Yoto tape sans jamais composer la moindre mélodie. Il tape sur les touches au hasard, sans que son oreille prenne le relais, et ce sont nos nerfs qui ne résistent pas. La dissonance musicale fait mal, elle meurtrit, elle affole. Le père finit par asseoir l'enfant sur ses genoux et les grandes mains couvrent les petites, les notes s'enchaînent en une suite répétitive, froide et mélodique, qu'on appelle la *new wave*. Après, le père joue et l'enfant danse en chaussettes sur le parquet. Si Yoto ne sait pas quoi faire de ses doigts, il sait bouger les hanches et les bras. Il est parfaitement dans le tempo, chevilles, genoux, épaules jusqu'à la tête qu'il incline et détourne en de surprenantes ondulations.

Yoto s'éloigne de mes hanches, de mon ventre, de mes mains. Il construit une sphère de plus en plus autonome où le corps des adultes n'est pas toujours invité. Il ferme la porte de la salle de bains et parfois celle de sa chambre. La première fois qu'il s'enferme à clé aux toilettes, c'est toute une histoire pour le sortir de là. Il dessine son territoire et se parle à lui-même en bougeant la tête. Il est plusieurs dans le même corps, le pilote de l'hélicoptère, le contrôleur du ciel, le soldat en embuscade. Sa vie à la maison se déroule au ras du sol. Il empile, il construit, il conduit, il traverse le salon en rampant. Il se traîne à genoux, il roule, il est le plus souvent allongé sur le ventre, sous la table, derrière le canapé. Il tousse, il a le nez qui coule, la poussière colle sur ses joues, il piétine son goûter, il répand des miettes, il vit au ras des plinthes avec les vers à bois.

Nous faisons garder Yoto sans nous sentir coupables. Nous retrouvons l'extérieur, la nuit, les autres, et notre propre corps dans l'enivrement des soirées et du vin. Je respire autrement, je ne suis plus funambule mais matelot, les pieds bien arrimés au pont. C'est comme si j'étais détachée, les mains rendues à leur fantaisie. Je retrouve une façon de bouger sans le regard de Yoto accroché à mon dos, sans qu'il demande et tende les bras. J'encourage les séparations légères, quelques jours pour vivre sans y penser, sans que la voix appelle, sollicite, et questionne. Pour l'exaltation des retours, la folie des retrouvailles, quand Yoto n'est qu'un boulet de canon tendu vers soi, son corps plus aimanté que jamais, sa chaleur plus irradiante. J'aime le mouvement de l'éloignement, la fausse disparition, avec des quais de gare, des ellipses et des sacs de voyage.

J'achète des vêtements, des bijoux et des talons hauts. Les talons hauts c'est nouveau, mais, à force de voir des femmes sur les affiches, qui dominent le monde à la verticale, je veux essayer. Dominer à mon tour, pourquoi pas, me hisser un peu plus haut, donner à ma démarche une manière, une affectation, une affirmation.

J'ai conscience de ce que je gagne mais aussi de ce que je perds. Je capte les regards alertés par le bruit des talons, je comprends ce qu'est ce pouvoir que les femmes peuvent exercer. Cela est simple, cela va vite, cela s'emballe. Mais il faut supporter le regard de ceux qui se laissent prendre, accepter que ce regard soit chargé de désir, et projette sur soi un voile électrique, grisant mais perturbant. Il faut accepter que son corps devienne un appât, un leurre qui ondule, en même temps qu'il fait naître en soi un sentiment ambigu, mêlé de satisfaction et de dégoût. C'est facile et un peu triste. Mais ce n'est qu'un jeu, un défi amusant qui me permet de changer ma peau de mère contre une enveloppe plus séduisante. Je prends des cours de danse, je place mon bassin, je redresse le buste. J'accepte des responsabilités à la librairie. Je me recentre. C'est comme si je revenais d'un long voyage. Je bouge, j'accélère le mouvement. Je n'ai plus froid.

Je désire le corps du garçon, que je ne parviens toujours pas à appeler un homme, bien qu'il soit père. Père mais sans ventre, sans chair superflue, sans bouffissure, sans renoncement. Je ne sais ce qui m'émeut dans la maigreur, peut-être le courage d'affronter le monde sans protection, le risque de se blesser, de s'écorcher. Le corps du garçon est tranchant, ses tibias sont comme des arêtes, ses veines saillent sous la peau. Je ne me fatigue pas, je passe mon lasso autour de son cou, je suis son horizon. Sa silhouette apparaît chaque soir dans un blouson déboutonné, puis dans un peignoir ouvert sur la ceinture abdominale. Puis de dos. Je rêve de poser mes mains juste derrière les omoplates, qui bougent comme deux plaques tectoniques, puis contre les reins où les poils courent déjà, alors que le torse reste étonnamment glabre. C'est ce monde à l'envers qui m'aimante, construit mon idée du masculin, que je n'imagine que selon ces canons. C'est ce corps que je chercherais s'il venait à disparaître.

Ce qui se passe après est dans toutes les histoires. L'envie de donner à Yoto un double et une variante. L'envie de décliner une série de poupées gigognes, clones et décalcomanies. C'est simple, caresses, spermatozoïdes, fœtus, péridurale, pédiatre, carnet de santé. C'est simple et ce n'est pas simple. La greffe ne prend pas.

Le corps des parents devient un terrain d'expérimentation. Le corps des parents devient un corps au service de la procréation, qu'il faut sonder, examiner, tester.

Le présumé père est enfermé dans une cabine avec des revues pornographiques, il n'a d'obsession que pour son sexe dont il doit recueillir un peu de sperme, qui sera conditionné, transporté puis analysé. La présumée mère est écartelée, les pieds encore une fois sur les étriers, des pinces à l'intérieur, sur les ovaires, lui dit-on, qui la font haleter comme un chien une nouvelle fois, puis redouter d'être une femme puisque, depuis tout ce temps, elle a compris qu'être une femme est une affaire de dedans, de cavités et de ventre. Et qu'elle voudrait être autre chose, un esprit plutôt qu'un corps, une pensée plutôt qu'une émotion.

La matière est idéale, leur révèle-t-on, fertile sans aucun doute, d'après les conclusions des analyses. Mais la greffe ne prend toujours pas. L'envie devient espérance puis obsession. Rien d'autre n'existe que la surveillance rapprochée de la matière. Impossible de faire l'amour sans une arrière-pensée pénible, un entrelacs de chiffres et de probabilités. Se profilent mes jeunes années où la peur de procréer brouillait toute tentative de sexualité. C'est l'inverse aujourd'hui et donc la même chose. Faire l'amour est éprouvant, on ne sait plus ce qui rapproche les corps, de quel désir il s'agit, on s'agrippe aux hanches de l'autre mais on devine qu'il devine. Plus rien n'est innocent, alors on doute, on s'asphyxie, on tombe en panne. On attend, tous les vingt-huit jours, le verdict, on encaisse, on sourit quand même, on se demande à qui la faute. À quel corps la défaillance ? Chacun a son idée mais il ne s'agit pas d'accuser, ni même de supputer.

Je prends mon corps en grippe, je le perçois comme un traître, une chose pas fiable. Je pense aux femmes répudiées parce qu'elles ne peuvent pas enfanter, aux femmes qu'on jette parce qu'elles n'ont pas donné naissance à un garçon.

Le temps avance mais je ne fais rien de ce temps. J'attends. Que mon corps accomplisse le tour de force espéré. Le médecin, la gynécologue, le pédiatre en ont vu d'autre, jusqu'ici tout va bien. Je vis mais ne vis pas, parce que mon corps n'est qu'indices, baromètre et pièce à conviction, jusqu'à la texture de la peau qui s'illumine ou se charge de brume. Malgré moi mon corps prend la parole, trop bavard, incapable de se taire.

Et puis j'entends cette phrase, prononcée un soir à table par une amie. La phrase qui dit que c'est psychologique.

Yoto est somnambule. Il traverse le salon et ouvre la porte du placard. Yoto joue avec sa grue qu'il transporte dans son lit sans se réveiller. Yoto fait couler les robinets de la salle de bains et mélange l'eau froide et l'eau chaude sans se brûler. Yoto transporte son oreiller et son ours et s'allonge sous la table de la cuisine. C'est un fantôme qui hante l'appartement.

Yoto appelle au milieu de la nuit. Il rêve qu'on l'enterre vivant. Il transpire. Il suffoque, il ne sait plus comment faire rentrer l'air dans sa trachée. Mon cœur bat aussi fort que le sien, à cause de la violence qu'on ne sait pas calmer. C'est un emballement au plus noir de la nuit, une machine qu'on ne parvient pas à enrayer. La terre obstrue toujours la bouche de Yoto, qui cherche l'air et s'épuise. Le cauchemar vient l'habiter, nuit après nuit. Il appelle, il étouffe, il a les cheveux collés sur les tempes, il bouge les jambes, il me rejette, il met longtemps avant de me reconnaître, comme s'il venait d'ailleurs, comme s'il avait été enseveli longtemps sous la terre.

La phrase qui dit que c'est psychologique m'obsède. Ce que la tête peut faire au corps ? Extinction de voix, migraine, impuissance, zona, lumbago, eczéma, anorexie, urticaire, ulcère à l'estomac, crise de foie, psoriasis, obésité, herpès, asthme, infarctus, hypertension, cancer. Stérilité.

Mon père reprend le travail mais cesse les missions sur le terrain. Il est obligé de rester au bureau, de collaborer avec l'inspecteur pour mener les enquêtes. Il se sent oublié, diminué. Parfois il sort pour photographier des indices, des objets et des traces. Mais c'est le début des analyses génétiques, sa profession est en train de changer. Il est à l'affût des taches de sang, des cheveux et des poils laissés sur les lieux. Il a toujours besoin de la loupe et des pinces mais, une fois les prélèvements réalisés, son rôle s'arrête, il transmet les données au laboratoire et son savoir-faire artisanal n'a plus de poids. Il prend du temps pour se soigner, il suit un traitement, il est sérieux et raisonnable. Il subit des prélèvements sur son propre corps, il renouvelle les radios, et quand arrivent les résultats, il sait que la réponse est mitigée, c'est oui et c'est non. Il se prépare, mais la nouvelle ne vient pas. Alors il continue de sourire et de rassurer les autres. Il se concentre sur le travail à venir, il dit que c'est peut-être sa dernière enquête, puis il se ravise et ajoute : « Je rigole. »

Yoto nage avec des brassards, dans cinquante centimètres d'eau salée, puis un peu plus loin dans les vagues. Il met du temps avant d'accepter son corps à l'horizontale. Il doit braver la masse de vide au-dessous, faire confiance à la transparence de l'eau qui le portera. Il tente une brasse puis ses pieds se plantent dans le sable, pour vérifier, il a besoin de tâter le fond pour se rassurer. Verticale puis horizontale le perturbe. C'est nouveau et compliqué. C'est comme pour le vélo, il faut y aller franchement, il faut avancer pour tenir, il faut bouger. Au début, il joue avec son père qui plonge, revient à la surface avec une étoile de mer, plonge encore et surgit dans une gerbe d'écume. Les premiers temps, Yoto permet à l'eau de le surprendre, de l'envahir mais il ne se mouille pas la tête, il maintient le menton aussi haut que possible. Petit à petit, il se penche, puis finit par oublier que les vagues viennent à l'assaut, et c'est après avoir bu, puis suffoqué, puis toussé, qu'il peut reprendre son acclimatation. Le jour où Yoto flotte pour de bon, le jour où il parcourt les six mètres qui séparent les bords du petit bassin de la piscine municipale, son père n'est pas là. Je tiens Yoto sous le ventre puis sous le menton, reproduisant les gestes qu'avait ma mère avec moi, ces gestes dont je me souviens, fixés pour toujours sur une photographie. Je marche à côté de Yoto, je tiens, j'accompagne, puis je ne tiens plus, le corps demeure à la surface soudain, frétillant, et c'est un événement, comme si le miracle de la lévitation se produisait, comme si Yoto volait dans les airs. Immergée dans l'eau à quelques mètres, je l'encourage, je bouge les bras en même temps que lui. Je mime les mouvements de la brasse, parfaitement concentrée, totalement happée par l'immense progrès qu'est en train d'accomplir l'enfant.

Nous aurions aimé que son père voie, qu'il voie de ses yeux son fils changé en otarie, en castor, en espadon. Ce soir nous allons raconter, traversés par une joie intense.

5

Yoto pourrait croire que son père est tombé dans un trou. Faille à la surface de la terre, gouffre, précipice. Yoto pourrait imaginer qu'il est monté droit au ciel et qu'il tourne en orbite, enfermé dans un vaisseau spatial. Je demande à Yoto s'il veut voir une dernière fois le corps de son père. Yoto veut savoir si son père, lui, le verra. Tant de simplicité. Ce n'est pas la peine de me fatiguer, d'inventer des métaphores et des mots tordus. Je pourrais faire croire à un jeu, avec des règles surprenantes. Un jeu de cache-cache dont on ne revient pas. Mais Yoto a compris avant moi. La mort c'est d'abord un corps qui disparaît.

À l'hôpital, le langage ne ment pas. On me parle du corps, comme si j'étais habituée. Je comprends d'un coup ce qu'est un corps. C'est l'enveloppe qui reste. Une soustraction, pas une consolation. Une matière inerte que les vivants doivent ôter de leur vue. Ce sont les paupières à la place des yeux. Les sourcils intacts. Et c'est tout ce qu'on ne voit pas, ce qu'on n'ose pas imaginer, caché sous la housse et l'abdomen recousu après l'accident. Le chirurgien a dit *fracas*. Fracas du côté droit.

Il reste le corps, qu'il faut habiller pour la cérémonie, même s'il doit demeurer invisible, inaccessible et bientôt immatériel. Seul son poids pèse sur les épaules des hommes qui le portent encore. Le hissent, le déposent, l'enfouissent.

Curieusement mon corps à moi ne fait pas de vagues. Pas de spasmes ni de larmes. Je reste lisse et froide comme une pièce de métal. J'ai peur de moi, soudain verrouillée, imperméable à toute sensation.

Après, le corps manque, la présence subsiste, la silhouette est perceptible dans l'embrasure des portes, en haut de l'escalier et parfois devant l'évier. Le corps devient un mouvement léger, une ombre qui fait craquer le parquet, une masse imaginaire qui m'empêche de dormir du côté droit du matelas.

Le cendrier demeure sur la table basse, intact, avec un mégot que je n'ose pas jeter. Le dernier livre lu est ouvert au pied du lit. Le corps se dissout, se transforme et devient objets, signes, traces. Les marques de doigts sur le miroir, l'odeur

197

intacte dans l'oreiller. Des signes, des empreintes, dans les rues de la ville, dans les jardins et sur les ponts. Le vent qui soulève la poussière, les drapeaux qui claquent, le goudron qui colle sous les chaussures. La chaleur qui anéantit, les péniches amarrées, la vase au bord de l'eau. Et même la route le long des entrepôts. Le ciel bardé de nuages au-dessus de la raffinerie.

Les premiers temps, l'été recouvre tout, aspire tout, appuie fort sur les épaules et sur la cage thoracique. Les premiers mois, je ne peux rester en place. Je monte, je descends, je m'assieds à la table des autres, je me lève dix fois pour débarrasser, je fais le café, je fais la vaisselle. Je ne supporte pas d'être immobile, on ne peut m'attraper. Je ne parle pas mais j'écoute, je n'ai pas assez d'énergie pour fabriquer des sons, je suis sans voix. Je n'ai pas de présence ni d'épaisseur, j'évolue le long d'une ligne droite et simple, je ne complique rien.

Je monte dans la voiture et je conduis. Je roule, j'avale les kilomètres, je traverse des forêts, je longe des étangs, des rivages et des zones industrielles. Avec ou sans Yoto sur la banquette arrière. Je fais le plein et redémarre, je nettoie le pare-brise, j'évite les miroirs dans les stations-service. Je vais droit devant et la voiture est l'endroit où je peux habiter. Je ne mets pas la radio, je n'écoute pas de musique, je roule la fenêtre fermée dans un silence saturé du bruit du moteur. Qui me convient, qui empêche toute pensée, toute image. Qui fait que mon corps devient bourdonnement, chambre d'écho, larsen. Je suis attentive et synchronisée, mes bras et mes jambes exécutent ce que commande mon cerveau, je mets les clignotants, je rétrograde, je freine au bon moment. Je suis étonnée d'autant de lucidité. J'ouvre le coffre et porte mon sac. On m'embrasse plus fort que d'habitude, parfois on me serre. Je dors dans la chambre des enfants, dans le clic-clac du salon, sur la mezzanine. Je dors n'importe où, sur un matelas pneumatique, sur un lit de camp. Tout me va, j'ai besoin de dimensions modestes, d'espaces très réduits. Je dors à nouveau dans des lits une place, je redeviens un. Discrète mais encombrante. Je ne sais pas si je gêne. Je ne sais pas si les amis resteront mes amis sans lui.

Il fait chaud mais je n'ai pas chaud. J'évite le soleil, je ne me baigne pas. Je me tiens à distance de toute sensation, je cherche la neutralité. J'avance sans déplacer l'air, je ne me mets pas en maillot de bain. Pas de vagues, ni de vent. Rien de vivifiant. Je marche, dans un sens puis dans l'autre, comme un animal très vieux. Je fuis l'odeur du figuier et celle de l'ambre solaire. Je redoute les grappes humaines allongées sur la plage, je reste derrière les pins, sur la dalle de béton. J'espère un caisson, une boîte étanche, je tolère les arbres quand la nuit tombe et que les oiseaux se taisent. Je replie les bras sur la poitrine et je n'aime pas ce tic nouveau, presque maniéré, qui me donne l'allure d'un tronc un peu sec. Je ne perds pas de vue que je peux glisser vers un monde fait de gestes désincarnés et de rictus effrayants. Je m'interdis de franchir la limite mais je ne sais pas si cela dépend de moi.

J'accompagne Yoto qui joue dans un parc. Je m'assieds sur la pelouse et j'attends. Je suis incapable de prendre part au jeu. Je voudrais moi aussi creuser des rigoles dans la boue, alimenter le moulin à eau fait de branches et de cailloux, je voudrais tremper mes pieds dans le barrage en construction, retrousser les jambes de mon pantalon. Mais je pèse lourd. Je voudrais que Yoto n'ait pas besoin de moi. Je ne sais plus comment l'approcher, le toucher.

Je suis sereine, en apparence. J'inaugure ce sourire qui rassure, qui confirme que je suis capable d'organiser les gestes simples de la survie: faire les courses au marché, prendre l'autobus, fixer un rendez-vous pour l'entretien de la chaudière. Je n'ai plus mon âge dans ma façon de marcher ni de m'asseoir sur une chaise. Je dois changer d'activité toutes les dix minutes, comme les enfants de l'école maternelle. Mes jambes bougent sous la table et surtout les rongeurs enfermés dans mon ventre, qui cherchent à creuser une galerie toujours plus profond. Rien d'autre que le corps n'existe, poumons, abdomen, qu'il faut apprendre à apaiser, qu'il faudrait plutôt arracher, jeter aux chiens. Fumer est tout ce que je trouve pour emplir les cavités avides, fumer, remplir, expulser, jusqu'au dégoût. La cigarette devient la compagne, la béquille idéale, il est inconcevable d'en manquer. Enchaîner les cigarettes permet de justifier un ordre dans l'accomplissement des choses, même les plus infimes. Fumer est un contrepoint aux temps morts. Je crois poursuivre mes soirées avec le garçon, je continue de fumer avec lui. Mon corps a besoin de prolongement, mes doigts manipulent des objets, je tiens le briquet dans la main ou dans la poche de mon pantalon. Quand il n'y a plus rien, il y a encore la possibilité d'une cigarette, une toute petite lueur dans la nuit, et je ne peux l'écraser que parce que je sais qu'il m'en reste une, puis une dernière avant d'accéder au sommeil.

Je fuis la beauté et l'harmonie. Me conviennent les décors stéréotypés, les centres commerciaux, les parkings à la périphérie des villes. Les chariots abandonnés dans les terrains vagues, les sacs plastique. La foule ne me rebute pas, celle des halls de gare m'enveloppe, me prend avec elle comme si mon corps était une partie du tout, un morceau de chair dont le destin n'est plus distinct, dont le devenir n'est plus inscrit nulle part. Je ne comprends pas la parole de l'amie qui m'offre une fontaine d'intérieur et m'assure que le ruissellement de l'eau m'apaisera. Je ne peux pas recevoir de douceur ni m'adonner à la contemplation immobile. Je suis coupée de mes sens, respirer le parfum des fleurs m'indispose, manger des cerises me sature. Le plus difficile est de caresser le pelage du chaton qu'une voisine me donne pour Yoto, et de supporter la façon dont il miaule, effrayé et perdu dans l'appartement.

Le chat reconnaît chaque pièce, finit par se sentir chez lui. Il joue puis il dort, il traverse le salon en courant, glisse sur le parquet. Il a parfois de ces folies qui le poussent à grimper aux rideaux. J'aimerais aimer le chat, j'aimerais le prendre sur mes genoux et gratter son ventre mais le ronronnement et les coups de langue sur mes poignets m'agressent. La façon dont il se frotte à mes jambes, dont il mordille mes collants me hérisse. Ma peau, on ne peut y toucher. Je ne sais plus jouer, ni chahuter, ni me laisser aller à des sensations légères.

Je suis énervée, agacée, irritable. Je suis au bord. J'ai supprimé sans le vouloir toute zone d'amortissement, c'est-à-dire que ma peau est collée à mes os. J'ai perdu tout relief et toute consistance. Je me heurte au dehors sans transition. Je deviens concave et hésitante, prête à me dissoudre dans les éléments. Je scrute les visages qui m'intéressent soudain. Je me demande ce qui se cache derrière les arcades sourcilières, derrière les sourires de façade. Qui sont les passants qui me font face dans l'autobus ? Qu'ont-ils traversé ? Pourquoi leur figure ne parle-elle pas, ne dit-elle rien de leur passé ? Je suis effrayée par les regards muets, les cernes menteurs, les lèvres maquillées. Je redoute les visages lisses et sans âge, les pommettes intactes et le rose sur les joues. Je regarde vers les autres, les vieilles personnes surtout et je les admire de ne rien laisser paraître de leurs défaites. Je les admire de porter une broche sur leur manteau, une plume malgré tout à leur chapeau, un détail qui détourne l'attention, qui raconte une autre version de l'histoire. Je me passionne pour les autres, dont l'énergie me confond, dont la vigueur m'impressionne. Je m'intéresse de plus près à Edgar Morin, je comprends la poésie de Victor Hugo. J'attends des autres qu'ils me disent que c'est possible. Qu'on peut résister à la traversée.

Je reste allongée longtemps le matin au réveil avant de retrouver la position verticale. Je déteste le verbe gésir, qui me fait penser au gésier d'une poule, à tous les petits cailloux contenus dans la poche, les gésiers qu'on mange tièdes dans la salade, et qui n'ont plus de goût. Il faut bien s'asseoir quand on est vivant, mettre la tête plus haut que les reins, il faut redéfinir cette hiérarchie puisque plus rien ne se fait naturellement, il faut brusquer la nature des choses, relever, élever, ériger, il faut empiler les Lego les uns sur les autres, deux Lego pour les pieds, puis, étage par étage, reconstruire l'édifice chaque matin. Et veiller à ce que l'ensemble ne s'écroule pas comme un tas de Kapla. Il faut arriver jusqu'à la poignée de la porte, la saisir, tirer le battant vers soi, marcher dans le couloir jusqu'à la chambre de Yoto, passer la tête dans l'embrasure et oser appeler, oser réveiller celui qui dort contre le chat, et le ramener à la réalité. Il faut accepter de voir le visage qui revient au jour, les traits qui se durcissent et les membres qui tournoient dans la pièce, l'oreiller, les jouets, les livres qui fusent comme des comètes, les cheveux trop longs qui bougent comme la crinière d'un lion. Il faut accepter de voir le corps de Yoto redevenu sauvage, indomptable et rugissant.

J'attends l'hiver, j'attends que la lumière décline et m'oublie. J'espère reposer ma vue et trouver mon souffle dans la brume qui empoisonne la ville. Je préfère ne rien voir, rester dans le flou, et la nuit qui tombe tôt n'est pas une punition. Je poursuis les gestes mécaniques, être un robot me va bien désormais. Je ne compose pas de repas, mon robot n'a plus la fonction épluchage de légumes, ni découpage, ni mitonnage, et nous mangeons des soupes toutes prêtes, des omelettes et des steaks hachés. Nous nous asseyons en vitesse, nous mâchons, nos deux figures se font face et Yoto prononce des mots, auxquels je réponds avec un sourire fabriqué. Je me promets de faire un gâteau pour son anniversaire. De le faire moi-même avec mes mains, de pétrir la pâte, de casser un à un les carrés de chocolat, de briser délicatement les œufs, de monter les blancs en neige sans que les tremblements du batteur gagnent tout mon bras puis bientôt ma poitrine et que les œufs, le blanc et les jaunes finissent dans l'évier avec le chocolat brûlé et que les murs de l'appartement soient recouverts de farine.

Quand Yoto est invité à une fête, je mets une robe colorée pour aller le chercher. Je choisis un foulard assorti, je relève mes cheveux. Je ne veux pas qu'il perçoive comme sa mère est terne, comparée aux autres mères.

Les feuilles tombent enfin et jonchent les caniveaux. Mes forces ne suffisent pas pour supporter les courants d'air, qui mangent aussi mes muscles et mes réserves en sels minéraux. Je n'ai plus assez d'énergie pour prendre soin de Yoto. Après plusieurs mois, j'ai besoin d'un soutien, ampoules, gouttes ou cachets. Je n'avais pas compris que le luxe c'était ne pas avoir de corps, ne pas en entendre parler, ne pas devoir l'apaiser, le soulager. Je pensais que le corps souffrant c'était pour après, c'est-à-dire pour jamais, puisque l'idée de vieillir n'est qu'une fantaisie, une impossibilité. L'idée de vieillir est une étrangeté qui n'arrivera qu'aux autres, les traits défaits, les sillons à la verticale des joues, les épaules lasses, la peau du cou qu'il faudrait couper, comme le fait Alain Cavalier dans le film *Pater*, les varices sur les mollets de ma grand-mère. Je croyais qu'il fallait simplement éviter les jambes cassées, les dents de sagesse et les avortements. Je dois endormir mon abdomen si je veux pouvoir travailler, c'est assez simple comme idée. Si je veux être capable de manipuler les cartons, puis sortir les livres, les étiqueter, les classer, les ranger, les disposer dans les rayons, puis aplatir les cartons, les redescendre par l'escalier en colimaçon à l'arrière de la librairie, traverser la cour en longeant le mur quand il pleut, atteindre le container, poser la pile par terre, ouvrir le container, jeter les cartons en veillant à ce qu'ils tombent bien à plat, refermer le couvercle sans le faire claquer pour éviter que les voisins se plaignent du bruit comme c'est déjà arrivé, si je veux avoir la force de retenir le couvercle qui pèse le poids d'un mort (ce qui se dit à la librairie), puis traverser la cour dans l'autre sens, me glisser par la porte entrouverte, longer la réserve du bas, grimper l'escalier jusqu'à mon étage, saisir l'escabeau glissé dans le couloir qui conduit aux toilettes, le déplacer jusqu'au rayon, si je veux être capable de monter les marches de l'escabeau, de tenir sans tomber, sans que la tête me tourne, sans que le vertige me prenne, sans chercher mon souffle, il me faut prendre la dose d'anxiolytique nouvellement prescrite. Dont j'ai reporté l'usage pendant des semaines, par peur sans doute de ne plus tout maîtriser, comme c'était arrivé à Amsterdam, par orgueil sûrement, par ignorance, pensant que l'accoutumance me guetterait bientôt, nécessiterait des doses toujours plus puissantes.

Je glisse doucement dans le sommeil environ vingt minutes après avoir pris la dose et après avoir parcouru quelques lignes d'un roman, sans les lire vraiment. C'est simple et rassurant de m'appuyer ainsi sur les mots, sans pour autant en saisir le sens. L'expérience n'est que physique, sensorielle et jamais cérébrale, rien ne reste, rien ne s'inscrit. Personne ne sait, au travail, que je fais illusion. Personne ne sait que je ne suis plus qu'un automate programmé pour quelques tâches concrètes et répétitives, que je ne sais plus comment habiter la librairie ni l'appartement, que je n'évalue plus les distances et me cogne contre les angles des meubles, que je ne ferme plus aucune porte, ni la porte d'entrée ni même celle du réfrigérateur, ce qui finit par créer autour de moi une atmosphère féerique. Je ne distingue plus le dedans du dehors, je reste à la lisière, dans le passage, et je ne me décide pas, je n'ai pas de préférence entre entrer et sortir, je n'ai pas d'envie, je n'ai pas de peur. Sous ma peau, il n'y a presque plus rien, un reliquat qui n'a plus les compétences, les réflexes ni les mots. La volonté que je mets à tout faire tenir ensemble ne suffit pas. Je sens comme je suis désynchronisée, les bras ici et les genoux de l'autre côté, le bassin de travers et la nuque qui ploie, les deux mains jamais raccord et les vertèbres déstructurées. Je ne dors que cinq heures, réveillée toujours par le même pincement, logé juste sous les côtes, un appel, une corde qui vibre et la nuit est finie. Le rythme s'installe malgré moi, les yeux ouverts bien avant le lever du jour, mais il n'y a rien à voir, rien à sentir, juste le mat de l'obscurité et l'effort à venir pour se transporter jusqu'à la douche. Je m'attarde sous l'eau chaude. Mon geste est technique. J'évite le miroir et la vision de ce qui reste de moi. Je fais attention à ne pas glisser sur l'émail, puis sur le carrelage. Je ne me fais pas confiance. Je me tiens à la cloison comme le font les pensionnaires des maisons de repos. Puis je m'assieds, me laver me fatigue.

Un soir, Yoto quitte sa chambre et vient à côté de moi sur le matelas, dans un élan. Je reste figée, parfaitement rigide. Je voudrais le serrer, le consoler, mais le geste ne vient pas.

J'entre dans les cafés sans savoir où m'asseoir. Les coins sont les seuls endroits possibles. J'ai besoin d'être adossée à un mur, je crains le vide et les ouvertures. Dans la journée, je commande un chocolat chaud. Je viens souvent au café, après les courses, quand Yoto n'est pas avec moi. Je m'installe parfois à la même table, je sors un livre de mon sac et je baisse la tête au-dessus des pages. Il n'est pas possible, pour une fille, de rester seule au café sans avoir défini son champ de vision, sans avoir balisé son territoire. Je me sens vulnérable même si je suis consciente que mon visage est repoussant, je me sens comme un objet qu'on peut prendre puis jeter. Je suis une fille seule et je sais que cela se voit, cela se devine, je voudrais disparaître sous une peau d'âne. Ma gêne est celle d'une personne seule, mon incapacité à revendiquer une place, à occuper une table de quatre, ma honte, presque, de déranger, mon besoin d'être protégée. Mon regard ne croise pas celui des hommes. Je n'aime pas la façon dont je bouge, dont je marche, dont je m'assieds sur la banquette, les jambes croisées. Je n'aime pas ma façon de garder le blouson sur les épaules, le pantalon qui flotte autour des cuisses, les doigts sans grâce. Je déteste la dignité dans laquelle j'apparais, qui m'aide à exister et donne à mes gestes une neutralité décourageante. Je me sens coupante et voudrais être tout le contraire. Je me sens contagieuse. Le jour où le barman, me voyant entrer, m'interpelle et me suggère: «Comme d'habitude ?», je sais que je ne reviendrai pas. J'entre dans le café d'en face, moins bien chauffé, moins intime. Je change souvent de café, j'ai peur de m'ancrer, de m'ankyloser et ne plus jamais repartir. Et puis il y a cette fin de journée où il faut que je sorte de chez moi, où tout le monde est en week-end et Yoto chez mes parents, tout le monde déborde de projets. J'entre dans la brasserie sur la petite place. Il est trop tard pour commander un café, il fait trop chaud pour un thé. Je suis seule contre le mur du fond, épinglée comme un insecte, loin de la terrasse presque déserte. Le garçon m'apporte un verre de chardonnay, et je trempe les lèvres mécaniquement, pour faire quelque chose. Je me dédouble et ce que je vois me terrifie, ce qui m'apparaît est une fille assise au fond de la salle devant son blanc, face à la grappe de types accoudés au bar avec leur verre éternel. Et soudain je ne vois plus la différence entre les types accrochés à leur radeau et moi, incapable d'un autre projet que celui d'être arrimée à cette table. Les types du bar sont mon miroir, ils me promettent de devenir comme eux. Je reste dans l'impossibilité de boire mon verre, à cause de la vision terrible. Je me lève et sors sous les flèches de la lumière vive. Je me sauve. Je traverse le boulevard sans savoir où je vais.

La différence entre ma tête et mon corps me sidère. Je suis cohérente quand je parle, je suis lucide et déterminée. Je donne l'impression d'avoir de la force, je rassure ceux qui s'inquiètent pour moi. J'ai de l'humour, voire de l'humour noir. Ma tête dit que tout va bien, ma tête peut choisir.

J'ai peur que mon corps lâche, que le chagrin si peu visible creuse des galeries à l'intérieur, provoque des ruptures, des zones troubles, des marécages. J'ai peur que s'installent sous la peau des monstres, des hydres à deux têtes, des mutants. Le calme m'indispose, j'aimerais une tempête dans mes cellules, un charivari. Un cyclone sans foi ni loi qui sèmerait la pagaille, jouerait aux quilles. J'aimerais que mon corps prenne la parole, qu'il soupire enfin, qu'il proteste. Mais rien n'arrive qui me libérerait du poids du silence,rien ne m'alerte. Tout est normal, tout semble en parfait état, le sang bien dans les veines, qui ne se dilatent ni ne s'étranglent, le cœur, parfaitement organisé, pulse comme au premier jour, les poumons, quoiqu'un peu diminués, alimentent les globules en oxygène, bons petits soldats. Pas de pelade ni d'aménorrhée, pas de psoriasis ni de paralysie, pas d'embolie. Je sens que quelque chose se trame qui me laissera sur le carreau, une bombe à retardement, puissante et sans appel. C'est cette explosion que je crains, qui attendra le bon moment pour projeter dans la chair des éclats dont on ne se remet pas. J'ai ma petite idée sur la façon dont la grenade se dégoupillera. Au bout de quelques mois, je me dis qu'il est temps. Une grippe me cloue au lit, ce n'est qu'un avertissement. Un rhume prend la suite, modeste, et puis rien. Rien n'arrive à part un peu de sinusite, ni infarctus ni cancer, rien ne me fauche ni ne me diminue. Une entorse tout au plus, à la cheville gauche, m'empêche de conduire pendant six semaines. Un mur que j'escalade sur une idée folle, une corde au bout de laquelle je me suspends pour récupérer le ballon de Yoto dans un jardin. Un plâtre sur la jambe, les orteils qui dépassent et le sac plastique qui enveloppe le tout quand je marche dans la rue sous la pluie. La clocharde que je suis devenue. Je ne veux pas de l'infirmière qui vient le soir pour me piquer contre la phlébite, j'apprends à planter seule l'aiguille dans les plis du ventre et je suis étonnée d'oser planter l'aiguille, comme je me surprends de savoir changer moi-même les ampoules et réparer la chasse d'eau. J'apprends à me servir de mes mains, moi aussi. Puisque rien ne me tue.

Mes amies me proposent des soirées entre filles. Restaurant, apéro, repas du dimanche. Mes amies sont prévenantes et généreuses. Je ne veux pas être avec des filles. J'ai peur des conversations des filles en instance de divorce. Je crains la psychologie, le débordement de commentaires. On me propose de me changer les idées. Je ne veux pas me changer, encore moins les idées. Je veux éprouver, jusqu'à l'extrémité, la vie qui passe et qui étrangle. Je veux comprendre le parcours.

Certains moments sont comme des rituels dans lesquels je peux me laisser glisser. Ce ne sont pas des plaisirs mais des séquences non violentes et simples. Indispensables pour poursuivre. Faire du café et en apprécier l'odeur, ouvrir la boîte aux lettres, trouver une place assise dans l'autobus, poser ma tête sur un oreiller de la bonne épaisseur, regarder les images qui bougent sur l'écran de télévision, trouver le livre que cherche un client. Ce sont les actions les plus agréables de la journée. Mon ambition est réduite à trois fois rien. Mais toutes les dimensions se sont rétrécies. J'avance des pions, case par case, je n'ai aucune stratégie, aucune vue d'ensemble.

Je fume avec un ami, je roule vers un ami, je fais à manger pour un ami. Je guette l'arrivée d'un ami. Je touche le bras d'un ami. Le besoin de toucher Yoto revient petit à petit, de caresser son dos quand il s'endort, les épaules, et la nuque. J'ai besoin de sa chaleur. J'ai besoin de lui.

Une année finit par s'écouler. Je me laisse surprendre par le compte à rebours que je n'ai pas anticipé. Rien ne se joue dans la tête, c'est comme un parcours très physique, une marche à pied sur un jeu de l'oie. Des étapes que je franchis les unes à la suite des autres, dans l'ordre, chemin rocailleux, route de nuit, torrent, jardin botanique, docks dans la brume, pont suspendu, rue déserte, forêt. C'est mon buste qui avance, toujours droit devant, le temps se change en espace, devient horizontal, et circulaire. Le printemps puis l'été arrivent. Je le sens à l'air que je respire, qui monte le soir, saturé des gaz d'échappement. À la façon dont les ombres pèsent sur les trottoirs. La date revient et c'est mon corps qui le comprend. Il sait déjà tout. L'odeur de l'asphalte moite de chaleur, celle des tilleuls en fleur, le cri des hirondelles qui tournoient le soir entre les façades. Le vent du sud qui apporte les relents des usines chimiques. La rumeur des terrasses installées tard dans la nuit et qui monte par les fenêtres ouvertes. Les accords de la Fête de la musique. Mon corps sait que l'accident va se produire une deuxième fois. La moto qui accélère sur le boulevard. Puis le fracas.

Je continue de marcher, de bouger. Je construis, sans m'en rendre compte, un mur de briques. Mais sans briques, juste pour le mouvement. Ma machine tourne à vide, je n'amasse rien, je ne fabrique rien. Je suis comme un nageur qui fait du surplace dans une piscine, agitant les membres pour flotter. Je me maintiens à la surface, c'est déjà ça.

J'apprends les gestes, les sensations, je rééduque, je reviens au tout début, je ne caresse pas les animaux que je ne connais pas, je ne prends pas les bonbons des messieurs dans la rue. Je me souviens qu'on ne doit pas s'asseoir par terre, pas marcher à quatre pattes, pas se coucher sous la table du salon. On ne doit pas manger un paquet de chips debout dans la cuisine en guise de repas, un yaourt avec les doigts. On ne doit pas rester toute la journée en pyjama.

Je n'aime pas quand mes amies me disent de penser à moi. Je n'aime pas quand elles ajoutent que je dois me faire plaisir. Je n'ai pas envie de me faire masser, ni soigner, ni relaxer. Et pourtant mes amies comprennent que je dois étirer mes muscles, attendrir la chair. Elles me suggèrent de me soumettre au gant de crin, qui frictionne, revigore, évacue les impuretés. Elles voudraient me passer au jet.

Un jour, j'aperçois mon visage dans le miroir des toilettes du train. Je me dis, maintenant tu as cette tête-là.

Je fais connaissance avec cette personne qui est moi. J'accepte de la croiser chaque matin dans la salle de bains, de l'observer quand elle se brosse les cheveux. J'accepte de l'aider à ôter sa carapace. Ôter ses guêtres et sa peau de serpent. J'ose soutenir son regard. Je l'invite à s'installer.

Je vais chez le coiffeur mais je suis dubitative. Je suis comme ma poupée Véronique, un peu rigide, la robe boutonnée jusqu'en haut et les cheveux en bataille. Je dois me résoudre à me soumettre à la coupe, aux ciseaux qui effilent, qui restructurent, aux mèches qui jonchent le sol, et au balai qui fait place nette, emporte le paquet direct à la poubelle. Je refuse la teinture légère, le reflet de couleur censé me « donner un coup de fouet », et pourtant j'ai la confirmation des premiers cheveux blancs. Je souris à l'intérieur. Je ne suis qu'à la moitié de mon existence, j'ai encore une vie qui m'attend. Je le comprends ce jour-là chez le coiffeur. Une vie avec des cheveux blancs.

C'est le temps des premières fois, tentatives et expériences renouvelées. La première fois que je cuisine un chili con carne. La première fois que je vais à un concert. La première fois que je nage dans une rivière. La première fois que je m'achète des fleurs. La première fois que je porte des boucles d'oreilles.

J'emmène Yoto en vacances. J'essaie d'inventer ce que peut faire une mère seule avec son enfant. À l'hôtel, nous déplaçons les lits, nous recréons un monde avec des zones distinctes, avec un drap, nous improvisons un paravent, ou plutôt une cabane, pour ne pas avoir l'impression d'être deux. Dans la maison, à la campagne, nous arrêtons le mécanisme de l'horloge qui marque chaque seconde, nous bloquons le balancier, puis je propose que nous capturions des grillons dans le pré. Au Village Vacances, Yoto et moi complétons les tables des familles. Notre présence est modulable et nos visages consentants.

Au camping, nous plantons la tente. Yoto connaît les gestes que son père lui a appris. Il sait monter les arceaux, qu'il emboîte les uns dans les autres, fixer les sardines en tapant avec le maillet. Il sait reconnaître le matériel dans le sac, gonfler les matelas pneumatiques, utiliser la lampe de poche et chasser les moustiques. Après il faut dormir, allongés l'un près de l'autre, comme si de rien n'était. Il faut tenter de vivre comme des explorateurs, survivre grâce à la nature, repartir à zéro. Aller chercher l'eau à la source (on la prend finalement à la supérette du camping), faire du feu (avec les allumettes achetées à la même supérette) et griller la viande (idem) au-dessus du brasier, cueillir des baies pour améliorer l'ordinaire. Il faut inventer une raison d'être à chaque journée, ne pas se laisser gagner par le vide. Nous imaginons un objectif qui nous portera jusqu'au soir, comme ramasser des coquillages pour décorer notre maison de toile, ou chercher du bois pour alimenter le feu.

Nous réussissons, nous l'avons fait. Nous avons traversé des journées, mus par notre propre énergie. Nous pouvons le refaire, nous savons nous habiller, nous laver, manger, dormir et faire semblant de nous amuser.

La première fois que je vais au restaurant avec un ami. C'est le soir, il m'invite. Je suis embêtée parce que des bougies sont disposées sur les tables. Nous prenons place près de la fenêtre et je suis assez raide sur ma chaise. Rien d'ambigu, c'est un ami, mais, à cause des bougies sur les tables, j'ai un doute. Il semble distant aussi, de cette distance que nous sommes obligés de créer à cause de la situation. Jamais ses mains ne traînent sur la carte des desserts et ne risquent de frôler les miennes. Jamais son regard n'est trop appuyé. Nous buvons du vin et trinquons, l'alcool me réchauffe et me donne envie de me blottir. À moins que ce ne soit pas l'alcool mais l'absence d'un corps pour me serrer. Je reste assise bien droite mais je sens les sourires qui se dessinent sur mes lèvres, je sens comme sourire me manque et je me laisse aller à un peu de douceur. Mes coudes finissent par se poser sur la table, mes épaules se relâchent, et nos visages s'approchent. C'est imperceptible et sans équivoque. Simplement, je parviens à fendiller la paroi derrière laquelle je me tapis depuis tout ce temps.

La première fois que je vais au cinéma avec un ami. La tension, l'intimité de certaines scènes, l'émotion. L'impossibilité d'émettre le moindre signe. Le corps doit rester impassible, bien contenu entre les accoudoirs des fauteuils, maîtrisé et sobre. Je prends garde à ma respiration. Je ne viens pas à lui parler à l'oreille. Je m'oblige à une retenue extrême. Ne pas laisser traîner un pan de mon manteau sur ses genoux, ne pas récupérer mes gants tombés par terre. J'allonge et replie les jambes sous le siège, je ne parviens pas à tenir en place et pourtant je veux donner l'impression d'être calme. Je me ratatine un peu, et espère que ne sera pas projetée sur l'écran l'image d'un couple en phase finale de séduction, j'espère que je n'aurai pas à supporter la nudité d'une femme. Avec mon ami assis à côté, qui doit gentiment me raccompagner en voiture. Et qui a autant de raisons que moi de rester figé dans son fauteuil.

La première fois que je joue au ping-pong avec un ami. C'est à la montagne devant un chalet et il n'y a pas de vent. Le mont Blanc apparaît derrière les sapins. Je frappe la balle doucement, je réponds et m'échauffe, plutôt réservée. Puis je réponds avec plus d'assurance, je suis étonnée de sentir mon bras aussi sûr. Le mouvement se propage à tout mon corps, me fortifie et je sens mes jambes qui entrent en scène. Je me concentre et n'ai plus de considération que pour la balle et la silhouette de mon ami, qui bouge dans mon champ de vision. J'oublie les quelques visages qui assistent à nos échanges parmi lesquels celui de Yoto. Tous les gestes reviennent, et je m'applique à peaufiner mes revers, à soigner mes attaques. L'énergie gagne mes muscles et mon sang accélère, monte un peu à la tête. Puis le plaisir arrive, auquel je ne m'attendais pas. Je joue de plus en plus vite et le jeu de mon ami me convient, alerte, rusé et puissant. Je tiens, puis je flanche, je résiste et je me sens bien. Je m'entends pousser des cris, de petites onomatopées pour dire la surprise, la peur, la satisfaction de la balle placée au bon endroit. Je m'entends parler fort et d'un coup je ris. Yoto saisit mon rire, je le vois me regarder, je sais ce qu'il voit, je sais ce qu'il comprend.

J'ai envie de me déployer, de sortir de mon enclos. Je marche à nouveau dans la ville, je loue un vélo, j'emprunte les escaliers, j'écoute de la musique, je respire quand je longe les quais. Je commence à tenir.

Je ne refuse plus les sorties à la montagne, où il faut grimper, porter un sac à dos. J'ai envie de monter jusqu'au lac, d'observer les chamois avec les jumelles, pourvu que je ne revienne pas dans les paysages traversés avec le garçon. Je permets que mon visage apparaisse sur les photos, plein cadre sur un ciel d'été. Je m'habitue à l'idée d'être là, d'avoir une place, même si ma place a changé. J'accepte d'avoir à nouveau une présence, une épaisseur, un corps qui n'est pas fait que de lignes brisées, qui évite les pierres sur le chemin, qui transpire en haut du col. Un corps qui prend de l'altitude, porté par les endomorphines et par une force venue d'on ne sait où. Comme si j'étais faite de couches, de strates superposées issues de tous les âges. Qui tiennent ensemble, solidaires, qui communiquent. Je sens comme cohabitent le petit animal en short de l'enfance qui escalade le toboggan, la gymnaste marchant sur la poutre, l'adolescente qui danse sur *Imagine*, l'amoureuse qui monte derrière la moto, la libraire en équilibre sur un escabeau, la mère qui maintient Yoto contre sa hanche. Je marche sur le sentier et cette sensation devient concrète, je suis faite de toutes ces pièces, comme si mon corps était une maison où vivent ensemble le vif de l'existence, fait de désirs, de force et de pulsations, mais aussi l'absence. Tous ces corps de fille évoluent sous le même toit et tissent une mémoire serrée. Je suis ici mais aussi là.

Je me déplace pour le travail, je prends le train, je vais à Paris. Je suis portée par le travail, j'apprends à me concentrer. Je prends la parole lors de réunions, je réponds à des questions. Je donne mon avis, je me surprends à avoir un avis, et des préférences. Je suis debout dans l'assemblée, je

rencontre des gens nouveaux. J'écoute, je vois.
Je donne, je prends.

Je traverse l'île Saint-Louis, je dois marcher
jusqu'à la gare, c'est-à-dire marcher longtemps.
J'ai l'idée d'envoyer une carte postale à une amie.
Les nuages avancent vite dans le ciel, d'ouest
en est. Je ne sais jamais dans quel sens coule
la Seine. C'est la fin du mois de mars, je fixe ce
point dans le temps comme le moment où mon
corps et ma tête se rejoignent, après une longue
séparation. C'est très net, cela vient d'un coup et
se situe à l'instant où j'avance sur le pont. C'est
comme si ma tête, restée de l'autre côté, reve-
nait se connecter à mes membres. La lumière qui
ricoche sur le parapet, puis sur ma rétine, monte
à mon cerveau, et revient se diffuser dans mes
bras et dans ma poitrine, à moins que ce ne soit
le contraire. Et pour la première fois, j'éprouve
une sensation que je ne refuse pas, qui irradie
à l'intérieur. Je vois le monde autour de moi et j'ai
envie d'en faire partie. J'accélère le pas jusqu'à
la gare, si je tiens la cadence, je pourrai prendre
un train plus tôt. Pour la première fois, rentrer
ne m'effraie pas. J'arriverai à temps pour aller
chercher Yoto chez mes parents, si je cours j'arriverai à temps. J'emmènerai Yoto. Nous aurons
faim, nous préparerons un vrai repas et nous par-
lerons de l'appartement dans lequel nous nous
installerons bientôt.

Le projet de ce roman est né des nombreux échanges et du travail réalisé avec la chorégraphe Bernadette Gaillard (Cie immanence), avec qui nous avons créé une lecture dansée «BG/BG», initiée par Le grand R-scène nationale de La Roche-sur-Yon, pendant la saison 2011/2012.

10944

Composition
PCA à Rezé

Achevé d'imprimer en Espagne (Barcelone)
Par CPI
le 7 décembre 2014.

Dépôt légal : *décembre* 2014.
EAN 9782290089446
OTP L21EPLN001614N001

ÉDITIONS J'AI LU
87, quai Panhard-et-Levassor, 75013 Paris

Diffusion France et étranger : Flammarion